Las aventuras de Ulises

La historia de la *Odisea*

Colección dirigida por
Francisco Antón

Rosemary Sutcliff

Las aventuras de Ulises

La historia de la *Odisea*

Ilustrado por **Alan Lee**

Introducción
Carlos García Gual

Notas, glosarios
y actividades
Manuel Otero

Traducción
José Luis López Muñoz

Vicens Vives

Primera edición, 1998
Reimpresiones, 1999, 2000, 2001, 2001,
2002, 2003, 2003, 2004, 2004, 2005, 2006
2006, 2007, 2007, 2008, 2009
Segunda edición, 2010
Reimpresiones, 2011, 2011, 2013
2014, 2014, 2015, 2017, 2017, 2018
Décima reimpresión, 2020

Depósito Legal: B. 34.910-2011
ISBN: 978-84-682-0050-7
Nº de Orden V.V.:OC16

Título original: *The Wanderings of Odysseus*

 ÍNDICE

INTRODUCCIÓN

LAS AVENTURAS DE ULISES

ACTIVIDADES

BUSTO CONVENCIONAL DE HOMERO

INTRODUCCIÓN

EL HÉROE ASTUTO Y VERSÁTIL

Ya en la *Ilíada* destaca entre los héroes griegos Ulises por su inteligencia práctica, por su habilidad para hacer frente a los trances difíciles y por su gran facilidad de palabra. Mientras que los demás héroes de la *Ilíada* tienen epítetos que los señalan por un rasgo físico o por su armamento (Aquiles es «rápido de pies», Menelao, «rubio y bueno en el grito de guerra», Héctor, «el del casco brillante», etc.), Ulises está caracterizado por su talante: es «astuto, diestro en recursos, sufrido, muy inteligente».[1]

Y, en efecto, por esas cualidades mantiene su gran prestigio entre los griegos, y en la guerra de Troya lo vemos desempeñar misiones difíciles y actuar con fría inteligencia en momentos de apuro. Él es quien, vestido de mendigo, penetra en la ciudad amurallada y roba el Paladio a los troyanos, él quien tiene la idea del caballo de madera con el que los aqueos toman, después de tantos años y tantas muertes, la ciudad de Troya. Y, en el largo viaje de regreso a su patria, la isla de Ítaca, logra salir con vida gracias a esas cualidades de su carácter.

Ulises es, por ello, un personaje más complejo que los otros guerreros de la *Ilíada*. No combate sólo con la fuerza y las armas, sino que se sirve de su inteligencia, de su invectiva y de su facilidad discursiva para lograr el éxito en la acción. Es, en ese sentido, más dúctil que los demás personajes y más moderno, sobre todo frente a un héroe de tipo arcaico que es tan sólo un guerrero, como el gran Áyax, un buen luchador, firme y valeroso, pero que

---

1 Para una presentación de la literatura épica y de la figura de Homero, consúltese nuestra «Introducción» a *Naves negras ante Troya*, de Rosemary Sutcliff, el primer volumen de esta colección de «Clásicos Adaptados» en que se narra la *Ilíada*.

cuenta sólo con su arrojo y su fuerza para luchar. Por eso resulta muy significativo que, al enfrentarse ambos por la herencia de las espléndidas armas de Aquiles, sea Ulises quien las gane en buena lid, lo que traerá como consecuencia el suicidio de Áyax. Ulises no le saca gran partido a esa armadura de fabricación divina, al menos que sepamos, pues se distingue en la guerra por su habilidad para la emboscada y su talento para el ardid oportuno. Pero él es, sin duda, el más digno sucesor de Aquiles.

Recordemos que no es hijo de ningún dios o diosa, sino de Laertes, un reyezuelo de la pequeña isla de Ítaca, cuyo trono ha dejado Ulises en manos de su mujer, la fiel Penélope. Allí quiere regresar, con su botín de guerra y sus doce naves, apenas concluye el largo asedio, el saqueo y la destrucción de Troya. Pero ese honrado empeño le costará nada menos que diez años. La *Odisea* es un *Nóstos*, esto es, un **poema de un 'regreso'** azaroso y extremadamente largo. Hubo otros regresos memorables de otros héroes, pero el de Ulises los superó a todos en fama y en dificultades. Luego tuvo un final más dichoso que el de muchos, pues unos murieron en alta mar, como el Áyax hijo de Oileo, y otros en su palacio apenas regresaron, como Agamenón, asesinado en Micenas por su mujer Clitemestra. Gracias a la habilidad del héroe en labrarse su propio destino con su astucia, sus mañas y su paciencia, Ulises, que pierde a todos sus hombres en su arduo peregrinaje marino, consigue para él un merecido final feliz.

De algún modo podemos considerar la *Odisea* como una **continuación de la *Ilíada***. En la *Odisea* se cuenta el final de la guerra de Troya y la imagen de Ulises es del todo consistente con la que se muestra en la *Ilíada*, sólo que ahora se ha convertido en el protagonista indiscutible de la epopeya que lleva su nombre. La *Odisea* es el poema de Odiseo (Ulises es el nombre que dieron al personaje los latinos) con toda justicia: siempre se habla de él, incluso en los cantos en que no aparece y es sólo el gran ausente, como en los del viaje de Telémaco en busca de su padre. Pero este protagonista es más que un famoso guerrero aqueo, es el **aventurero marino** que surca un espacio misterioso, donde se enfrenta a monstruos y prodigios que no son sólo los de la escena épica, sino los de los cuentos folclóricos de misterios y maravillas. Y sale vencedor del ogro Polifemo, de la maga Circe, del viaje al Hades y de otros muchos peligros gracias a su clara astucia. Sabe disfrazarse si es preciso, como cuando llega a Ítaca, haciéndose pasar por un mendigo

Polifemo cegado por Ulises y sus compañeros. Ánfora ateniense encontrada en Eleusis (c. 650 a.C.).

en su propio palacio, y es un **hábil narrador** de sus mágicas aventuras y un no menos ingenioso **inventor de falsas historias** personales cuando la ocasión lo exige.

Es verdad que cuenta con **el favor de Atenea,** una diosa importante que siente gran aprecio por él, aunque no por razones familiares, sino porque admira su inteligencia. Atenea, la diosa inteligente, protectora de héroes, favorece siempre a Ulises y le ayuda, como alguna vez Hermes, en más de una ocasión; pero es siempre mediante su propio esfuerzo como Ulises ha de salvarse en las situaciones más comprometidas.

No tiene instrumentos mágicos ni otros dones maravillosos, ni dispone, como Perseo, de sandalias voladoras y capa mágica, ni cuenta, como Hera-

La maga Circe ofrece a Ulises una poción mágica con el propósito de convertirlo en cerdo, como al resto de sus compañeros; pero la pócima no obra su efecto en el héroe, quien ha sido protegido por la hierba de la vida que el dios Hermes le ha procurado. Vaso tebano (450-420 a.C.).

cles, con una fuerza invencible para tan prodigiosos viajes. Es un aventurero que cruza un mítico mar Mediterráneo poblado de criaturas extrañas, de Cíclopes y de Sirenas, de magas y princesas que aguardan al navegante de sus sueños. Goza Ulises de un encanto especial, como otros héroes navegantes, como Jasón y como Teseo, pero se diferencia de ellos en que guarda en su corazón su **nostalgia por Ítaca**, por Penélope, por el regreso a casa.

En vano le tienta, pues, la bella ninfa Calipso ofreciéndole la inmortalidad si se queda para siempre a su lado. Ulises es por completo fiel a su destino: debe regresar a Ítaca. Tiene su curiosidad como buen viajero, pero su afán por encontrarse de nuevo en casa se impone sobre todos sus empeños. Con sus apuros y sus urgencias materiales, capaz de sobrevivir en un mundo violento y miserable, Ulises se nos aparece como un héroe más próximo a la realidad. Es, sin duda, un buen guerrero, pero también un **hombre diestro** con sus manos, que sabe construirse una balsa de troncos, como antes se ha-

«Ulises burlándose de Polifemo», obra del pintor británico J.M. Turner (1775-1851). Los efectos atmosféricos que este artista consigue en el tratamiento de la luz no permiten apreciar con detalle al cíclope Polifemo, situado, en una extraña postura, en un promontorio por encima del barco.

bía construido su propio lecho de bodas, aprovechando la raíz y el tronco de un olivo. Náufrago tenaz, Ulises se muestra asimismo muy **hábil en sus salutaciones** ante quienes le pueden dar una acogida favorable, como cuando llega a Feacia. Por todo ello Ulises es un paradigma de un **héroe de nuevo perfil**: aventurero solitario que fía su destino a su astucia y sus artes de seducción. Le impulsa la nostalgia del hogar, pero sabe hacer su camino con paciencia, con sagaz curiosidad e indesmayable coraje. Si el mar proceloso y los dioses le complican el viaje, Ulises sabe sacar provecho de sus arriesgados encuentros. Como se dice en un famoso verso del poeta griego Cavafis, «cuando vuelvas a Ítaca, ruega que sea largo el viaje». Ulises tarda mucho tiempo en regresar pero lo hace enriquecido por sus experiencias, para tener luego más cosas que contar. Es decir, para que exista la *Odisea*. Seductor de magas y princesas, es un maestro en el manejo de la palabra amable y justa, y en el arte de la narración embaucadora de los oyentes.

LOS ESCENARIOS DE LA ODISEA

La *Odisea* da al lector la impresión de ser más extensa que la *Ilíada*, cuando en realidad tiene doce mil ciento diez versos, esto es, unos tres mil menos que la otra epopeya homérica. Sin embargo, presenta una mayor amplitud debido a sus múltiples escenarios, al espacio que recorre Ulises en su itinerario errático, y a la variedad de sus ambientes y personajes. Con alguna excepción, toda la acción de la *Ilíada* se desarrolla en un mismo lugar: en Troya y sus alrededores. En la *Odisea*, en cambio, hay al menos tres ámbitos de la acción: el de la **guerra de Troya**, evocada sobre todo en varios relatos, como los de Menelao y Néstor,[2] el de las **aventuras marinas** de Ulises —que van desde Troya a Feacia, pasando por una visita casi turística al Hades, el reino de los muertos—, y el de la **vida cotidiana en Ítaca**. Esos escenarios corresponden, si no me equivoco, a tres aspectos de la personalidad de Ulises que se entremezclan en la obra y que tienen sus propios ritmos y resonancias: **épico** es el Ulises que lucha en Troya, pero el protagonista de encuentros fantásticos —en su mayoría típicos del cuento folclórico, muy antiguo y extendido por el mundo— pertenece más bien al ámbito **fabuloso**; en cambio, el Ulises que regresa a Ítaca, mendigo falso en su propio palacio, es un personaje **novelesco** y de relato realista.

Desde la costa del Bósforo, de donde parten de regreso las naves aqueas, hasta la isla de Ítaca, en el sur del Adriático, la distancia marina no es considerable: una buena nave puede hacer el trayecto en pocos días. Pero Ulises tarda diez años en llevar a cabo ese viaje, y el destino pone así a prueba al héroe sufrido e ingenioso. El *polytropos Odysseús*, esto es, el «Ulises de muchas vueltas o muchos trucos», ha de vagar hasta los límites del océano y entrevistarse allá, en el país de los muertos, con el adivino Tiresias y, de paso, con algunos de sus antiguos camaradas de Troya, con Aquiles y Agamenón, fantasmas sombríos del Hades. ¡Tan laberíntico se le ha vuelto ese viaje de regreso a Ítaca! Perseguido por la ira del dios Posidón, pero amparado por su atenta amiga Atenea, sufrirá en el mar muchos pesares, perderá a todos sus compañeros, y volverá, cuando ya casi nadie le espera, junto a Pené-

---

2 Conviene advertir que en la *Odisea* nunca se repite nada ya contado en el poema anterior. Si se mencionan motivos y figuras de la *Ilíada*, siempre se añade aquí algo más como si se diera a estos temas una nueva tonalidad y trasfondo.

Tras convertir a los compañeros de Ulises en cerdos, la hechicera Circe ofrece al astuto héroe una copa con un brebaje para privarlo de forma humana. Óleo de 1891 del pintor británico J. W. Waterhouse.

lope y Telémaco, el hijo crecido en su ausencia, que debe mostrarse digno sucesor de su valeroso padre.

COMPOSICIÓN DE LA OBRA. PERSONAJES

Estructura

En el poema homérico podemos advertir una estructura muy clara: comienza la *Odisea* con los cantos que cuentan el viaje de Telémaco en busca de su padre o «Telemaquia» (del I al IV). Ya en el V aparece Ulises, en la isla de Calipso, y desde esta isla se hace de nuevo a la mar hasta llegar a Feacia, donde es acogido por Nausícaa (canto VI), y allí en Feacia cuenta Ulises sus aventuras anteriores (cantos VIII al XII). Luego es conducido por los feacios a Ítaca, y Ulises llega a su tierra ya en el canto XIII, aunque tarda en darse a conocer a los suyos para tomar cumplida venganza contra los pretendientes, de modo que hasta el canto XXIII no es acogido en brazos de la fiel Penélope en el largamente esperado final feliz.[3] En síntesis, la obra presenta el siguiente esquema:

> **a**) Telemaquia (I-IV)
> **b**) Aventuras marinas (V-XII)
> **c**) Venganza en Ítaca (XIII-XXIV)

Queda así en el centro del poema el relato de las aventuras fabulosas en el mar, que cuenta el propio Ulises a los feacios. Así nos muestra el poeta cuán hábil narrador es el viajero astuto y sufrido.

Ulises como narrador

Recordemos la escena del banquete en Feacia. Después de que Demódoco, el aedo de palacio, ha cantado el famoso episodio de la conquista de Troya por los aqueos, gracias al truco ingenioso del enorme caballo de madera, Ulises, aún huésped anónimo, se echa a llorar y se ve obligado a desvelar su identidad. Luego, a petición del rey Alcínoo, comienza a contar sus avatares mari-

---

3 La parte del canto XXIV que narra la bajada de los pretendientes al mundo de los muertos es probablemente un añadido inspirado en la visita al Hades del canto XI.

Homero no describe a las sirenas en la Odisea, *pero, para representarlas en este óleo (1891), John W. Waterhouse se inspiró en una crátera griega donde aparecen con cabeza de mujer y cuerpo de ave.*

nos. Ulises compite así con el admirado aedo profesional (a quien la Musa le inspira sus relatos), y narra sus propias andanzas al margen ya de la épica.

El relato de sus viajes fabulosos está en primera persona, lo que le da una especial emotividad y atractivo. Desde la *Odisea* es tradicional en la literatura europea que este tipo de relatos fantásticos estén contados por el protagonista, en primera persona. Eneas, Luciano, Simbad, Dante, Cyrano, Gulliver, el barón de Münchhausen relatan sus estupendas, asombrosas, fantásticas aventuras por remotos y extraños lugares, siguiendo la estela dejada por Ulises.

Los hospitalarios príncipes de Feacia se quedan fascinados por el relato de Ulises. El amable rey Alcínoo le expresa su admiración y le pide que siga hasta el final, aunque sea de noche; elogia su arte y su veracidad, que le parecen ambos manifiestos en el aspecto del héroe. Recordemos ese sincero elogio de Alcínoo:

> Bien es cierto, oh Ulises, que sólo tu vista bastaba
> para no confundirte con un charlatán embustero
> de los muchos que nutre el oscuro terruño y que vagan

amasando mentiras de nadie entendidas. Tú, en cambio,
al hermoso decir acompañas un noble sentido;
ni un aedo supiera mejor relatar, con los males
de los otros argivos, tus propias funestas desgracias.

[*Odisea*, XI, 363-369. Trad. de J.M. Pabón]

Pero el lector de la *Odisea*, que conoce mejor a Ulises que el rey feacio, sabe que Ulises es también un redomado mentiroso, tal y como le recrimina Atenea, apenas charla un rato con él en Ítaca. Le dice la diosa:

Bien astuto y taimado ha de ser quien a ti te aventaje
en urdir añagazas del modo que fuere, aunque a ello
te saliera quizás al encuentro algún dios: ¡Siempre el mismo
trapacero de engaños sin fin! ¿Ni en tu patria siquiera
dejarás ese gusto de inventos y trampas que tienes
en el alma metido? Y ya baste, porque ambos sabemos
de artificios, que tú entre los hombres te llevas la palma
por tus tretas y argucias, y yo entre los dioses famosa
soy por mente e ingenio. Mas, ¿no reconoces ya a Palas
Atenea, nacida de Zeus, que siempre a tu lado
en tus muchos trabajos te asisto y protejo y ha poco
el afecto te atraje de aquellos feacios?…

[*Odisea*, XIII, 291-302]

Sabemos que Ulises no vacila en contar embustes siempre que pueda sacarles provecho. Con todo, podemos pensar que se puede distinguir lo veraz de lo inventado por Ulises. Cuando el héroe cuenta episodios extraños y maravillosos, o escenas tremendas y truculentas, dice la verdad. Cuando relata escenas verosímiles, con raptos de niños y piratas fenicios, por ejemplo, está fabricando una mentira provechosa. Lo más fantástico es más auténtico, y hay que desconfiar de lo más verosímil.

El itinerario marino

En el centro de sus aventuras marinas se sitúa el viaje al mundo de los muertos, el Hades. La *Nekya* ocupa todo el canto XI y es la que le lleva más lejos en sus hazañas. No se puede ir más allá y, desde allí, sólo en el mejor de los casos puede uno regresar al mundo de los vivos. El Viaje al Más Allá está aquí motivado por el arduo empeño de entrevistar al adivino Tiresias acerca del regreso a Ítaca. Se lo ha encomendado Circe, y desde la misteriosa isla de esta maga famosa parte Ulises hacia el borde oceánico para asomarse al temible Hades.

Pero antes de esa visita al otro mundo Ulises ha tenido otros encuentros peligrosos con los Cícones, los Lotófagos, los Cíclopes, con Eolo, dios de los vientos, y con los Lestrigones. Después de la estancia con Circe y la visita al Hades están los pasos difíciles: el héroe debe evitar la seducción de las Sirenas y ha de sortear los remolinos de Escila y Caribdis. Luego alcanza la plácida costa donde pacen las vacas del Sol, que, pese a las advertencias de Ulises, sus compañeros matan y devoran, consumidos por el hambre, provocando así la muerte cruel en el mar. Ulises es el único en arribar a la isla de Calipso, donde la ninfa enamorada lo retiene siete largos años. De la isla Ogigia sale en su balsa para naufragar de nuevo —por culpa del furioso Posidón— y llegar al fin, desnudo y muy cansado, a las playas de Feacia. Son en total diez o doce episodios —según se cuente o no la estancia en Ogigia y en Feacia— en los que Ulises se va quedando solo y en los que se va mostrando su intrépido ánimo.

Sobre el itinerario que Ulises sigue en su regreso a Ítaca se ha escrito mucho. ¿Se trata de un azaroso zigzagueo por un mar fantástico, o hay un fondo real de un recorrido marino efectuado en la geografía del Mediterráneo, en el que el viejo Homero pudo haberse inspirado? La discusión filológica al respecto viene de muy antiguo, ya desde los eruditos griegos del período helenístico. Había, desde época antigua, lugares en la costa del sur de Italia bautizados con nombres sacados de la *Odisea* —el promontorio de Circe, por ejemplo—, como un claro eco de los pasajes donde pudo haber recalado el taimado Ulises.

En nuestro siglo son varios los estudiosos que han querido trazar un mapa de la ruta de Ulises por el Mediterráneo. Las hipótesis que proponen sobre esos rumbos marineros de Ulises son curiosas, pero no vamos a detenernos en discutir si la ninfa Calipso estaba en una pequeña isla cerca de Ceuta, si Circe vivía muy próxima a la bahía de Nápoles, si los Lotófagos habitaban la bella isla tunecina de Dyerba, o si los Lestrigones eran vecinos del brumoso norte. Puede parecer lógico que la isla de Eea, donde mora la

Con el episodio de Ulises y el embriagador canto de las sirenas, Homero quiso reflejar el peligro de sucumbir al poder de la belleza. Mosaico romano que se halla en el museo del Bardo (Túnez).

maga Circe, hija de Helios (el Sol), se encuentre al oriente, por donde sale la radiante aurora, pero ya Homero cuenta que a Ulises le resultaba muy difícil saberlo: «Pues aquí no sabemos en dónde está el alba ni dónde el ocaso, / por dónde se pone el sol que alumbra / a los humanos ni por dónde resurge…» (*Odisea*, X, 190-92).

Conviene ser muy escéptico respecto a la realidad geográfica de la travesía de Ulises. Es poco verosímil que, como se ha dicho, Ulises u Homero tuvieran a mano un periplo fenicio, y no parece fundado imaginar que, como también se ha afirmado, la *Odisea* propone un código secreto para navegantes iniciados en descifrarlo. Ante conjeturas tales no cabe sino subscribir la opinión de un buen conocedor del tema, M. Fernández-Galiano: «Sigue teniendo validez la brillante afirmación del filólogo y geógrafo Eratóstenes: no se llegará a situar con exactitud los escenarios de la *Odisea* mientras no se encuentre al talabartero que cosió el odre de los vientos de Eolo».

En todo caso ahí está el mar inquieto que Homero califica «de color de vino»: espumoso y resonante, pero más peligroso que en la *Ilíada*. Por él se

18

Asediada por numerosos pretendientes, la fiel Penélope pospone la decisión de escoger a uno de ellos hasta no acabar la tela para la mortaja de su suegro. Óleo de 1912 de John William Waterhouse.

internaban los griegos con sus ligeras naves negras, en su afán de colonizar, descubrir y comerciar, en el siglo VIII a.C., cual otros Ulises, y muchos volvían a sus casas contando historias de monstruos y magas, prodigiosos tesoros, gigantes bárbaros y caníbales. En la *Odisea* ese mar, tan real y tan fabuloso, cobra resonancias fantásticas y penetra en la literatura universal. Era el mar surcado antes por Jasón y los Argonautas en otro famoso mito, y por los mercaderes y piratas fenicios, históricos competidores de los griegos en el comercio y la colonización.

El papel de las mujeres

No pasemos por alto otro de los claros encantos de la *Odisea*: sus variadas figuras femeninas. A diferencia de la *Ilíada*, donde el ámbito bélico típico de la epopeya reservaba el primer plano para los héroes violentos, y sólo dejaba entrever en un discreto segundo plano figuras femeninas como las de Helena, Andrómaca y Hécuba, en la *Odisea* hay muchas y variadas figuras de mujer que impresionan la memoria del lector. Figuras que ejercen una curiosa fascinación, como Penélope, Calipso, Circe, Nausícaa, Arete, Helena, e incluso la fiel y vieja sirviente Euriclea. Cada una tiene su propia personalidad, y están todas presentadas con un enorme respeto, como ha destacado, entre otros comentaristas atentos, Gabriel Germain:

> Penélope, cuya vista subyuga siempre a los pretendientes, incluso cuando la astucia de la tela retejida ha sido descubierta, y de quien el mismo Ulises, después de su victoria, espera que le admita en la cámara conyugal. Helena, que reina en Lacedemonia […], y que ofrece a Telémaco un velo que ha bordado con sus propias manos como un regalo para su mujer cuando él se case. […] ¿Hay que recordar que Circe —una inmortal, en este caso— hace siervos suyos en forma animal a todos los hombres que se le acercan? En su dominio […] encontramos una sociedad estrictamente femenina. No tiene alrededor suyo sino sirvientas. Es verdad que vive al margen del mundo y en una isla, como Calipso, que parece vivir sola […]. Ulises no ha estado nunca más dependiente de una voluntad femenina que en el hogar de estas diosas, puesto que no sabría partir de allí sin su consentimiento, sin el viento favorable que ellas le ofrecen, ni encontrar su ruta sin sus consejos detallados.

Eso explica que haya pasado nada menos que ocho años con Calipso y uno con Circe. Cierto es que Ulises acaba por renunciar a la placentera compañía de esas divinidades y no guarda luego, suponemos, ninguna duda sobre su decisión de abandonar a esas bellas seductoras. Tampoco le tienta en serio Nausícaa, que parece que se había hecho sus ilusiones de boda con este enigmático y maduro «príncipe azul» escapado del naufragio. Penélope aguarda y Ulises responde a su confianza.

Resulta muy curioso el enorme respeto con que es tratada Helena de Troya, reinstalada en el trono de Esparta con su marido Menelao. En su hospitalaria morada, ya al lado de Menelao, ambos esposos recuerdan la guerra de Troya como un suceso lejano y triste, aunque glorioso. Pero el poeta no sólo se ocupa de las nobles damas, sino también de una sirvienta como Euriclea, a la que le dedica mucha atención. Incluso puede notarse cierto tono moral en la relación de esas figuras con los héroes. Todas esas mujeres son de conducta ejemplar, pues hasta el pasado adulterio de Helena con Paris parece disculparse casi como un «pecadillo de juventud». En cambio, las jóvenes sirvientas del palacio de Ítaca que se mostraron demasiado

«La apoteosis de Homero», óleo de Ingres (1780-1867) en que el poeta griego recibe el homenaje de numerosos artistas antiguos y modernos. Homero es coronado por la Victoria y a sus pies aparecen sentadas sendas mujeres que simbolizan la Ilíada *(con una espada) y la* Odisea *(con un remo).*

amables con los pretendientes reciben un terrible castigo ejemplar al final del poema: son ahorcadas en el patio.

Ese interés, y hasta simpatía y admiración, por el mundo femenino ha intrigado a muchos lectores. E incluso ha dado motivos a la hipótesis de que una mujer pudo ser autora de la *Odisea*, como recoge Robert Graves en su novela *La hija de Homero*. La relevancia de las mujeres en la *Odisea* es una novedad de un poeta que se muestra interesado en unas figuras femeninas que no vienen del mundo de la épica, siempre muy masculino, sino que va hacia un relato novelesco y con retazos costumbristas.

Telémaco en busca del padre

Junto a la figura ubicua del protagonista, el autor del poema quiere situar a unos personajes cálidos y vivaces, que aportan al relato nuevo atractivo, como esas siluetas femeninas que hemos considerado. O como la figura del joven príncipe, que ha de probar su valor como hijo del héroe y ha de iniciarse en el ámbito de los nobles, no ya en un período de guerra, sino en un viaje de paz y de cortesía. Así Telémaco tiene un papel muy destacado en la primera parte del poema, que, como hemos señalado, se denomina «Telemaquia», y que pudo acaso haber sido un texto incluido en la redacción última de la *Odisea*. El viaje de Telémaco no sirve para el reencuentro con su padre. El joven no da con la pista de Ulises, pero regresa más educado y sabiendo muchas más cosas de su famoso progenitor después de conversar en el Peloponeso con Néstor, Menelao y Helena. En ese viaje ha sido reconocido como «el hijo del héroe» y se ha formado en el trato con importantes figuras del mundo heroico. Es un viaje educativo, que sirve a su *paideia*, esa 'formación' que era tan esencial para un joven griego. Telémaco ha mostrado su talante decidido, su inteligencia, y ahora ya sabemos que puede combatir junto a su padre en el momento del fiero combate final, en el de la venganza contra los pretendientes.

La realidad cotidiana

Pero al margen de las aventuras de Ulises y de la formación de su joven hijo, la narración se interesa también por aspectos relacionados con el mundo cotidiano, como el trabajo o la economía. De un lado vemos cómo incluso un rey como Ulises es hábil con sus manos como para construirse una almadía de troncos o el lecho nupcial, y que Penélope trabaja en su telar y la princesa Nausícaa va a lavar la ropa con sus criadas. Hay siervos de sorprendente nobleza, como el fiel Eumeo, guardián de la piara de cerdos de Ulises. Por otro lado, en el grito nocturno de una pobre sirvienta agobiada de moler el trigo y de otras faenas percibimos una temprana queja del siervo oprimido por sus duros amos. Telémaco se aflige por los gastos irreparables de los pretendientes que devoran sus ganados, más que por el hecho de tener que separarse de su madre. Ulises piensa en volver, pero con un buen tesoro; y se alegra cuando Penélope pide un regalo de cada uno de sus pretendientes antes de hacer su elección.

La *Odisea* es, pues, un texto de múltiples aspectos y de una riqueza de motivos admirable. Muchos trucos y vueltas tiene su protagonista y muchos misterios el mar y sus costas. Es como un prisma de renovados destellos. Jorge Luis Borges, a quien tanto gustaba el libro, escribió en uno de sus últimos poemas que la *Odisea* es variable como las formas de una nube y «cambia como el mar. Algo hay distinto / cada vez que lo abrimos…» Como si el héroe y el libro se comunicaran su curiosa riqueza de motivos y sugerencias y su seductora modernidad.

LAS AVENTURAS DE ULISES

El relato de Rosemary Sutcliff nos narra todas las andanzas del regreso de Ulises desde su salida de la destruida Troya hasta su final feliz en el recobrado hogar familiar y el trono de Ítaca. Comienza a partir del momento en que el héroe victorioso zarpa con sus naves y sus compañeros de la costa asiática, y concluye tras la matanza de los pretendientes, con el amor recuperado de la fiel Penélope y la restauración de la paz en la isla.

La estructura de la *Odisea* consta, como hemos señalado, de tres partes bien marcadas: la Telemaquia, las Aventuras marinas y la progresiva recuperación del trono en Ítaca. Esa ordenación de los episodios, que es la que sigue Homero, presenta la trama de manera compleja porque la narración comienza por la mitad (*in medias res*, según el latino Horacio) y continúa luego con el relato de lo ya ocurrido, cediendo la palabra a Ulises en el palacio de Alcínoo, como narrador de sus pasadas peripecias (cantos VIII al XII).

En *Las aventuras de Ulises*, en cambio, siguiendo la cronología de los sucesos, las andanzas del joven Telémaco se han situado en medio del relato, y, además, Ulises no nos cuenta sus fabulosas aventuras marinas en primera persona. Con ello el relato resulta más lineal y gana en sencillez. Se ha omitido, asimismo, la narración de la toma y destrucción final de Troya, que Menelao cuenta a Telémaco en la versión homérica, destacando el importante papel de Ulises en la conquista de la ciudad. Con ese relato el poeta antiguo completaba la información del libro anterior, puesto que en la *Ilíada* no se cuentan los últimos lances de la larga y famosa guerra. Aquí no es necesario hacerlo, ya que Rosemary Sutcliff los ha narrado espléndidamente en *Naves negras ante Troya*, el volumen que precede a éste. Del mismo modo que la *Odisea* no repite el relato de ningún episodio referido en la *Ilíada* —y ése es un buen argumento para subrayar que el poeta de aquella conocía bien esta epopeya—, la autora de estos dos relatos hace lo mismo.

Rosemary Sutcliff ha logrado aquí —como en *Naves negras ante Troya*— recrear el espíritu ingenuo y poético de la narración épica, en una prosa de buen ritmo, sonora, clara y con un alto grado de elaboración literaria. Sigue en esa línea una muy bien acreditada tradición británica de adaptación de los grandes clásicos. Y la resonante y espléndida versión castellana de José Luis López Muñoz conserva admirablemente toda la fuerza de su brillante estilo narrativo, para deleite de toda clase de lectores.

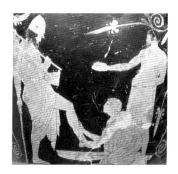

Las aventuras de Ulises

La historia de la *Odisea*

PRÓLOGO

He relatado ya en otro libro la historia del sitio y la guerra de Troya.[1] En esa historia se hablaba de cómo la bella Helena abandonó a su esposo Menelao, rey de Esparta, para marcharse con el príncipe Paris a Troya, y de cómo, respondiendo al llamamiento de Agamenón, el gran monarca de los griegos, se reunieron las naves negras de todos los reinos e islas de Grecia, haciéndose a la mar para conquistar Troya y recuperar a Helena.

El sitio duró nueve años, y en ese tiempo muchos grandes héroes, griegos y troyanos, murieron combatiendo. Sin embargo, gracias, a un ardid* de Ulises, rey de Ítaca (no en vano se le conocía como el fecundísimo en recursos), un puñado de griegos, escondidos en el vientre vacío de un enorme caballo de madera, se introdujeron en la ciudad y, aprovechando la oscuridad de la noche, abrieron sus puertas para que entrasen sus camaradas de armas.

Así fue conquistada y saqueada Troya. Los hombres fueron pasados a cuchillo y todas las mujeres fueron convertidas en esclavas, a excepción de Helena, cuyo esposo la recibió en su nave con todos los honores para volver a hacer de ella la reina de Esparta.

Y las naves negras regresaron a sus hogares.

Una vez en alta mar la poderosa flota se dividió, y cada jefe marcó el rumbo que habría de devolverlos a las anheladas playas. Algunos las alcanzaron sanos y salvos; la desgracia cayó sobre otros durante la travesía, y hubo quienes, como Agamenón, regresaron indemnes* a su hogar, pero encontraron la muerte a poco de llegar.

Ésta es la historia de Ulises y de las muchas aventuras que, de regreso a Ítaca, vivió durante su largo viaje por mar.

EL SAQUEADOR DE CIUDADES

Muy poco después de que Ulises separase sus doce naves del grueso de la flota, el viento del sudeste le llevó hasta la costa de Tracia, cerca de la ciudad de Ísmaro, situada entre las montañas y el mar.[2]

Los tracios habían sido aliados de Troya durante la reciente contienda, y los hombres de Ulises todavía se consideraban en guerra con ellos, por lo que, nada más desembarcar, entraron a saco* en la ciudad, respetando tan sólo la casa de Marón, sacerdote de Apolo, que estaba rodeada de un bosquecillo de laureles sagrados.[3] El sacerdote, hombre rico, agradecido por el trato recibido, hizo espléndidos regalos a Ulises cuando se separaron: oro en abundancia, una crátera* de plata para realizar mezclas y doce grandes tinajas de un vino tan oscuro, tan denso y tan fuerte que, a la hora de suavizarlo, sólo se necesitaba una medida de vino por cada veinte de agua.

Los hombres de Ulises, cuando terminaron el pillaje* y regresaron a sus naves con el botín, no quisieron hacerse a la mar aquella misma tarde, desoyendo los consejos de Ulises: al ver que disponían de abundante vino y de ganado bien cebado* que sacrificar, se quedaron en la orilla toda la noche, comiendo y bebiendo. Mientras así se holgaban,* algunos habitantes de la

ciudad corrieron a avisar a sus vecinos de las granjas cercanas y de los pueblos del interior; los recién avisados se vistieron para la guerra, empuñaron sus armas y se deslizaron en silencio aprovechando la oscuridad de la noche. Y al amanecer atacaron a los griegos que seguían en la orilla.

Los hombres de Ulises, pese a tener la mente poco clara por haber comido y bebido en abundancia, lucharon con denuedo* durante toda la jornada, pero al empezar a ocultarse el sol hubieron de retroceder hacia sus naves, por lo que, cuando zarparon para dirigirse a alta mar, habían dejado más de setenta compañeros muertos sobre la playa.

Entonces Zeus, el amo del trueno, desató contra ellos al furioso viento Bóreas, desencadenando una terrible tempestad. Y durante nueve días con sus noches los vientos contrarios los llevaron perdidos a través del impetuoso mar, hasta que al décimo encontraron refugio junto a las blancas arenas

de una isla verde y paradisíaca, lugar donde atracaron las naves. Amainada la tormenta, desembarcaron e hicieron aguada* en un manantial que burbujeaba entre helechos y musgo; y Ulises envió a tres hombres en busca de los isleños, a fin de manifestarles sus intenciones pacíficas, con la esperanza de obtener alimentos y ayuda para el viaje.

Pero los tres enviados no regresaron y, al cabo de algún tiempo, Ulises y dos de sus compañeros fueron en busca de los desaparecidos.

Pronto descubrieron que los pacíficos habitantes de la isla no comían otra cosa que el dulce fruto de los lotos que allí crecían, y que cualquiera que probara aquel alimento se olvidaba por completo del pasado, perdía todo deseo de vida activa, y su única ocupación era dormitar, gozando de sueños felices y olvidado por completo del mundo.[4]

Ulises halló finalmente, perdidos entre los isleños, a los tres marineros, que sonreían felices, con la mirada ausente y sin intención alguna de regresar a sus hogares. Supo entonces que se encontraban en el país de los lotófagos y que sus hombres habían comido el fruto del loto.

De nada servía llamarlos por su nombre, ni recordarles las familias que esperaban su regreso.

—¡En pie! —les conminó—.* ¡Vamos, poneos en pie y seguidme!

Con la ayuda de sus dos compañeros, Ulises logró levantarlos y los condujo a la fuerza hasta las naves.

Una vez allí, los ató de pies y manos, los arrojó a bordo, gritó a sus hombres que izaran* velas, y, una vez más, pusieron proa hacia alta mar.

LOS CÍCLOPES

Después de siete días de navegación, la flota de Ulises llegó a una isla de agrestes* colinas bajas, con una bahía muy profunda en primer término; en la entrada de la bahía encontraron un hermosísimo islote que, por su aspecto, no parecía tener más habitantes que las cabras monteses que allí pastaban. Vararon* las naves en el lado mejor protegido y más cercano a tierra, y, como la noche había caído ya, se entregaron al sueño.

No bien se descubrió la mañana, la Aurora de rosáceos dedos, Ulises y sus hombres quedaron admirados del islote adonde habían ido a parar. Los dioses les procuraron abundante caza, y, a la puesta de sol, se dispusieron a comer la carne de los animales recién sacrificados y a beber el dulce vino que les había regalado Marón, contentos de poder olvidarse del mar, cuyas olas golpeaban con violencia la costa opuesta del islote.

Al día siguiente Ulises rogó a los demás que se quedaran en el islote, se embarcó en su propia nave y, acompañado de su tripulación y con un pellejo de excelente vino tinto para caso de necesidad, fue a ver qué clase de gente vivía en la isla principal, porque desde el islote se divisaban las humaredas de fuegos distantes y se oían incluso los débiles balidos de ovejas lejanas. De nuevo, como en el caso de los lotófagos, quiso averiguar el héroe paciente si aquellas gentes eran peligrosas.

La nave tardó poco en cruzar la bahía, y Ulises, después de elegir a doce miembros de su tripulación, se dirigió hacia el interior de la isla. No habían caminado mucho cuando descubrieron una enorme cueva, con una entrada de gran altura, sombreada por algunos laureles; a su alrededor encontraron apriscos* con vallas de enormes piedras, semejantes a los que disponen los pastores para guardar sus rebaños durante la noche. Los apriscos estaban

31

llenos de ovejas y cabras, pero no había rastro alguno del pastor, por lo que Ulises y los suyos pensaron que estaría apacentando sus rebaños. Los recién llegados entraron en la gruta y examinaron con admiración lo que contenía aquel antro.* Junto a establos repletos de corderos y cabritos, hallaron grandes cestos llenos de quesos, enormes vasijas rebosantes de leche y suero,* pero ni la menor señal de su propietario.

Los compañeros de Ulises quisieron coger algunos quesos y todos los corderos y cabritos que pudieran transportar, para regresar con ellos inmediatamente al barco. Pero Ulises, picado por la curiosidad, quiso contemplar al dueño de la gruta antes de marcharse. De manera que comieron algo de queso, porque tenían hambre, y aguardaron en el fondo de la gruta a que volviera su propietario.

A la caída de la tarde oyeron balidos, ruido de pezuñas y todas las demás señales que anuncian la proximidad de un rebaño. Una enorme sombra se proyectó sobre la entrada, y enseguida apareció un monstruo con figura de hombre, pero de mayor tamaño que ningún mortal, y con un solo ojo, completamente redondo y espantoso, en el centro de la frente. Al verlo, los griegos comprendieron que habían ido a parar a la tierra de los cíclopes, hijos de Posidón, dios de los mares, unos seres que vivían en grutas con sus rebaños y no plantaban ni sembraban, porque las viñas y el trigo crecían para ellos sin necesidad de cuidados. Y también comprendieron que sus vidas peligraban.[5]

Una vez dentro de la cueva, el gigante descargó con gran estrépito la enorme carga de leña que traía a la espalda, destinada a alimentar el fuego con el que se prepararía la cena. Luego introdujo en el espacioso antro a todas las ovejas, a los corderos y a los cabritos, dejando fuera de la cueva a los carneros; a continuación, levantando una gran piedra plana que veintidós parejas de caballos no hubieran podido arrastrar, la colocó a la entrada, a manera de puerta. Acto seguido se sentó y empezó a ordeñar a las ovejas y a las cabras, reuniendo cuidadosamente a las crías con sus madres cuando hubo terminado. La leche la apartó en baldes para beberla o para fabricar queso.

Durante todo aquel tiempo Ulises y sus compañeros, inmovilizados por el miedo, permanecieron en lo más profundo de la gruta, acuclillados en la oscuridad.

Pero las tinieblas no podían protegerlos mucho tiempo, ya que el gigante de un solo ojo encendió fuego y, al crecer las llamas, la luz rojiza lamió hasta los más remotos rincones de la cueva, poniéndolos al descubierto.

—¡Forasteros! —rugió el cíclope al verlos, con voz semejante al entrechocarse de los guijarros batidos por las olas en la playa—. ¿Qué os ha traído hasta esta isla atravesando el proceloso* mar? ¿Sois tal vez comerciantes, o piratas que surcan las aguas exponiendo su vida para desvalijar a cuantos caen en sus manos?

—Somos griegos —le respondió Ulises—, guerreros del ejército de Agamenón, y hemos pasado largos años en el sitio de Troya. Conquistada ya la ciudad, queremos regresar ahora a nuestra patria, pero vientos y corrientes nos han arrastrado hasta mares desconocidos, por lo que hemos venido a ti con la esperanza de que, en nombre de Zeus, dueño y señor del destino de los hombres, nos ofrezcas los dones de la hospitalidad que se conceden a los huéspedes fatigados cuando se los recibe bajo el propio techo.[6]

Pero, a decir verdad, poca era la hospitalidad que el héroe paciente esperaba obtener en aquel lugar y, efectivamente, ninguna recibieron ni él ni sus hombres.

—Por lo que se refiere a ese Zeus que proclamas dueño y señor del destino de los hombres —dijo el gigante—, a nosotros, los cíclopes, nos importa bien poco, y lo mismo pensamos de los otros dioses (a excepción de Posidón, nuestro padre), porque somos más fuertes que ellos y no necesitamos obedecer otra voluntad que la nuestra. Y ahora dime dónde has varado tu nave.

Sin esperar respuesta, y lanzando una estentórea* carcajada, el gigante agarró a dos de los marineros acuclillados y los estrelló contra el suelo con tal violencia que sus sesos saltaron por todas partes. Mientras los compañeros de los infortunados contemplaban la escena mudos de horror, el cíclope les fue arrancando los miembros uno a uno y procedió a devorarlos como un león devora su presa, tragándose la carne humana con la ayuda de prolongados sorbos de leche. Cuando hubo terminado se dispuso a pasar la noche tumbándose entre la tibieza de sus amontonados rebaños.

Tan pronto como se hubo dormido, Ulises desenvainó su espada y, acercándose sigilosamente, buscó a tientas, bajo las costillas, el sitio donde una estocada atravesaría el hígado del monstruoso gigante, acabando con su vida. Pero mientras lo hacía recordó que, muerto el cíclope, a él y a sus hombres les sería imposible salir de aquella cueva, debido a la enorme piedra que tapaba la entrada. Así que, envainando la espada, volvió a sentarse entre sus compañeros, limitándose a negar con la cabeza ante sus miradas interrogadoras.

Al día siguiente, cuando la Aurora empezó a pintar con sus rosados dedos las cimas de las montañas, el cíclope agarró a dos hombres más y los devoró. Después ordeñó a las ovejas, las sacó de aquella espantosa gruta y devolvió los corderos a sus apriscos;* finalmente colocó de nuevo la gran piedra en la entrada con la misma facilidad con que un hombre vuelve a tapar un carcaj* lleno de flechas, y se marchó con sus ganados hacia los pastizales de las colinas.

Los griegos se hallaban al borde de la desesperación, pero en la mente de Ulises, el fecundísimo en ardides,* se estaba fraguando un plan que le permitiría salvar al menos a algunos de sus amigos.

El gigante había dejado en la cueva una enorme cachiporra de olivo, todavía verde, que se proponía utilizar cuando se secara y que, a ojos de sus cautivos, parecía más bien el mástil* de un barco; con los instrumentos que encontró a mano, Ulises logró separar de aquel cayado* un trozo que tenía la altura de un hombre con los brazos levantados. Luego ordenó a sus hombres que lo alisaran y le dieran forma de asta* de lanza, mientras él avivaba el fuego para ponerlo al rojo vivo. Tomó entonces el palo, afiló un extremo y lo pasó por el fuego para endurecerlo, sacándolo en el momento oportuno y ocultándolo cuidadosamente bajo el abundante estiércol que cubría el suelo de la cueva.

Cuando el cíclope regresó a la puesta del sol, volvió a repetirse la escena de la noche anterior, salvo que en esta ocasión, tal vez intuyendo algún peligro, y pensando que los animales estarían más seguros en la cueva, hizo entrar a todo el rebaño, incluidos los carneros. Y para los griegos fue una suerte que así lo hiciera.

Durante el día, Ulises echó mano del pellejo de vino de Marón y llenó con él uno de los cuencos* de madera del cíclope, sin añadir ni una gota de agua a la densa y embriagadora bebida. Y cuando el gigante hubo consumido su espantosa cena, Ulises se lo ofreció humildemente con las siguientes palabras:

—Con esto rociarás la carne humana mejor que con leche. Te lo había traído para que hicieses una libación,* pero tú me pagas enfureciéndote de un modo cruel.

El gigante bebió, chasqueó la lengua complacido y pidió más. Tres veces bebió y otras tantas Ulises le llenó de nuevo el cuenco; cuando estuvo de muy buen humor juró que en recompensa por bebida tan excelente haría un regalo al forastero.

—Pero antes —añadió entre ataques de hipo—, has de decirme tu nombre, para que mis sentimientos hacia ti sean aún más amistosos.

—Mi nombre es Nadie —dijo Ulises—. Así me llaman mi padre, mi madre y mis compañeros todos.

El gigante lanzó una espantosa carcajada.

—En ese caso me comeré primero al resto de tus compañeros y dejaré a Nadie para el final, y ése será mi regalo.

Y, sin dejar de reír, cayó de espaldas y se durmió, a causa del abundante vino ingerido.

Entonces Ulises sacó la afilada estaca de su escondite y, mientras calentaba la punta sobre las brasas, animaba al resto de sus compañeros, no fuera que alguno, poseído de miedo, quisiera retirarse. Así que todos ellos, aunque ya sólo quedaban seis, le rodearon, preparados y a la espera. Y cuando la punta alcanzó un brillante color rojo, la alzaron entre todos y, con toda la fuerza de que eran capaces, la hincaron en el único ojo del cíclope; Ulises, entonces, la hizo girar como si se tratara de un barreno. El enorme globo del ojo silbó como silba el agua fría cuando en ella se hunde el hierro caliente para templarlo, y el gigante, lanzando un espantoso alarido que hizo retumbar la roca, se arrodilló primero, para ponerse luego en pie, arrancándose de la ensangrentada cuenca del ojo la estaca todavía al rojo vivo, mientras con gritos estentóreos* llamaba en su auxilio a los cíclopes que vivían en las cuevas de los alrededores.

Al oír sus gritos acudieron en tropel, pero al encontrarse fuera con la gran piedra de la entrada, le preguntaron a voces:

—¿Quién te maltrata, Polifemo, que así nos sacas del sueño con semejante estruendo?

Y el gigante rugió en respuesta:

—¡Nadie me hiere! ¡Nadie me mata con su astucia!

—En ese caso, si nadie te hiere, no necesitas ayuda de nadie —gritó uno de los gigantes—. Si estás enfermo, encomiéndate a nuestro padre Posidón, y quizá él te socorra.

Dicho aquello, los cíclopes regresaron a sus cuevas renegando, y Ulises se rió para sus adentros.

Sin dejar de aullar a causa del dolor, el gigante ciego buscó a tientas el camino hasta la entrada de la cueva, apartando la enorme piedra para sentir en la herida el frescor de la noche; pero procedió a sentarse en la abertura, con los brazos extendidos a ambos lados, de manera que si alguno de los cautivos intentaba salir pudiera tocarlo y capturarlo.

Ulises, sin embargo, había concebido un plan para aquella eventualidad. Trabajando en silencio en la parte más profunda de la cueva, eligió los carneros de mayor tamaño y procedió a atarlos de tres en tres con algunos de los largos mimbres flexibles sobre los que el gigante solía dormir; luego sujetó, uno a uno, a sus hombres bajo el carnero del centro en cada grupo de tres, de manera que si el cíclope ciego los tocaba, sintiera sólo a los animales situados a ambos lados. Finalmente eligió para sí el más fuerte y el de mayor tamaño, sujetándose con pies y manos de las espesas lanas que le colgaban del vientre.

Ulises terminó sus preparativos cuando estaba a punto de aparecer la hija de la mañana, la Aurora de rosados dedos; poco después los animales se encaminaron hacia la entrada de la cueva, donde Polifemo vigilaba con los brazos extendidos. El cíclope los fue palpando mientras se apretaban unos contra otros, empujándose para salir, pero no pudo descubrir a los hombres ocultos bajo el vientre de sus carneros más preciados.

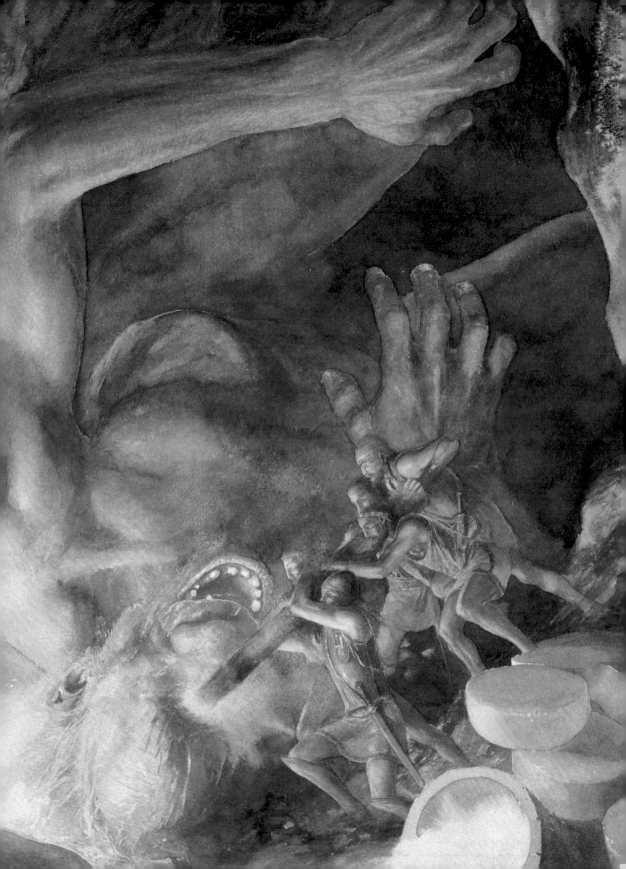

El más hermoso de todos ellos, cargado con Ulises, se presentó el último, y el gigante lo palpó con sus enormes manos, al tiempo que le preguntaba entristecido:

—Tú, mi carnero preferido, tan orgulloso, el primero entre tus compañeros, siempre a la cabeza del rebaño, ¿por qué sales hoy el último? ¿Acaso es el dolor que te causa la desgracia de tu amo, que ya nunca podrá ver tu hermosura porque le cegó un malvado llamado Nadie? ¡Si tuvieses mis sentimientos y pudieses hablar para indicarme dónde se oculta!

Finalmente salieron todos. Al llegar a campo abierto, más allá de los apriscos,* Ulises liberó a sus hombres y, sin perder un instante, escogieron a los mejores animales del rebaño y los llevaron hacia la nave, que los esperaba junto a la orilla.

A considerable distancia ya de la cueva del gigante, el héroe paciente le dirigió estas palabras:

—¡Cíclope! No deberías emplear tu formidable fuerza para devorar a los amigos de un hombre indefenso. Ahora los dioses te han castigado por tus malas acciones.

Y Polifemo echó a correr tras ellos, gritando y tropezando.

La tripulación se alegró sobremanera al verlos llegar, aunque poco después lloró la muerte de seis de sus compañeros. Pero no había tiempo para lamentaciones, y Ulises les ordenó que subieran a bordo a las ovejas y se dirigieran hacia el islote donde esperaban las restantes naves. Pero al ver a Polifemo que avanzaba a trompicones por la escarpada cima del acantilado, Ulises, colocándose las manos delante de la boca a modo de bocina, imitó el balido de una oveja para burlarse de él. Aquello fue una imprudencia, porque el sonido delató su posición y, lleno de cólera, el gigante ciego arrancó la cumbre de una colina rocosa, arrojándola hacia ellos. La enorme masa cayó delante de la nave y produjo tan terrible agitación en las aguas que su re-

flujo* empujó la embarcación hacia la costa; Ulises, empuñando un larguísimo botador,* logró que no quedase varada,* mientras sus hombres se esforzaban con los remos, llevándola velozmente hacia mar abierto. Pero como el héroe paciente aún estaba muy irritado por las penalidades sufridas, se volvió hacia tierra para gritar:

—¡Si alguien te pregunta quién te ha cegado, dile que fue Ulises, hijo de Laertes y señor de Ítaca, Ulises, el saqueador de ciudades!

Y Polifemo alzó los brazos y, lleno de dolor y de cólera, dirigió su plegaria al soberano de los mares:

—¡Óyeme, Posidón, tú que sacudes la tierra, dios de cerúlea* cabellera![7] Si en verdad soy hijo tuyo y tú te glorías de ser mi padre, concédeme que si Ulises, el saqueador de ciudades, regresa finalmente a su hogar, llegue demasiado tarde y completamente solo. Y que cuando desembarque de nave ajena, después de haber perdido a todos sus compañeros, halle en su morada nuevas y amargas cuitas.*

Aún arrancó otro peñasco, más grande que el primero, y lo arrojó en dirección a Ulises. Pero esta vez la roca cayó detrás del navío y la ola que produjo empujó la embarcación hacia el islote donde les aguardaba el resto de la flota.

EL SEÑOR DE LOS VIENTOS

La siguiente etapa de su viaje los llevó a Eolia, la isla flotante del Señor de los vientos, Eolo Hipótada. Allí, en un espléndido palacio con murallas de bronce y separado del mar por altas y escarpadas rocas, vivía felizmente Eolo en compañía de sus seis robustos hijos y de sus seis hermosas hijas, a los que, a la manera de los reyes y reinas de Egipto, había unido en matrimonio entre sí.[8]

Eolo recibió a Ulises y a sus compañeros con gran amabilidad, cobijándolos bajo su techo durante un mes, mientras su huésped le narraba el sitio de Troya y las incidencias, hasta aquel momento, de su viaje de regreso a Ítaca. Y cuando llegó el momento de hacerse a la mar, Eolo les facilitó nuevas provisiones. A Ulises le entregó, pidiéndole que por ningún motivo lo abriera antes de llegar a casa, un odre* hecho con una única piel de buey, en el que había encerrado a todos los mugidores vientos del mundo, a excepción de uno, un suave viento del oeste, el Céfiro, que había de llevarlos sanos y salvos hasta su destino. El odre estaba cosido con hilo de plata y se colocó bajo los bancos de los remeros en la nave de Ulises.

Navegaron por espacio de nueve días y nueve noches sin necesidad de tocar los remos, mientras el Céfiro abombaba dulcemente las velas; y durante todo aquel tiempo Ulises se mantuvo al timón, sin cedérselo a nadie. Pero cuando al décimo día divisaron Ítaca, Ulises, exhausto, y sabedor, por la forma familiar de las colinas visibles en la línea del horizonte, que se acercaba el final de sus viajes marítimos, se dejó vencer por el sueño. Pero mientras dormía, los miembros de su tripulación, dominados por la curiosidad que les inspiraba el contenido del odre, comenzaron a hablar entre sí:

—¿Qué tesoro es ése que nuestro capitán esconde con tanto cuidado, y que no debe sacarse ni examinarse hasta que lleguemos a nuestro destino? Sin duda esa gran bolsa está repleta de oro y plata, puesto que tan celosamente la guarda; y es de justicia que también nosotros recibamos nuestra parte, puesto que hemos viajado y sufrido tanto como él. Ahora que estamos tan cerca de casa, no causará ningún daño que la abramos tan sólo para ver lo que contiene.

Y es que en ese momento se hallaban ya tan cerca de la costa que podían distinguir a las personas que encendían fuegos entre las rocas.

Procedieron, por tanto, a sacar el odre de debajo de los bancos de los remeros y desataron el hilo de plata.

Entre rugidos y bramidos, los vientos prisioneros se escabulleron a toda prisa por el cuello del recipiente. Se arremolinaron, llenaron el espacio entre

el mar y el cielo, y, saltando sobre las doce naves, las desperdigaron, arrastrándolas desde las costas de su patria hasta mares desconocidos.

Ulises, despertado por los gritos de la tripulación y el fragor de la tormenta, comprendió enseguida lo sucedido y, llevado de la desesperación, estuvo a punto de arrojarse por la borda a las encrespadas olas y acabar con su vida y con sus viajes en aquel mismo momento. Pero debía pensar en sus hombres, aunque fuesen los responsables de aquella desgracia; así que retomó el mando de su nave y de la flotilla zarandeada por los vientos.

Transcurridos varios días de tormenta, durante los cuales perdieron la noción del tiempo, arribaron una vez más a la isla de Eolo. Pero esta vez el Señor de los vientos no les dio la bienvenida, sino que exclamó al verlos:

—¡Habéis provocado la ira de los dioses! ¡No hay sitio en mi casa para aquéllos a quienes los dioses odian ni tampoco me es posible proporcionarles ayuda! ¡Marchaos enhoramala* y no volváis jamás a mi isla!

Dicho lo cual los expulsó inhumanamente de su palacio, pese a la angustia que embargaba a Ulises. Esta vez no encontraron viento que les hinchara las velas, por lo que hubieron de remar durante todo el trayecto, sin encontrar tampoco tierra en la que cobijarse al caer la tarde, de manera que se turnaron a los remos y siguieron navegando ininterrumpidamente de día y de noche. Al cabo de una semana, sin embargo, divisaron tierra y, dirigiéndose hacia ella, hallaron una bahía que proporcionaba un refugio seguro con altas rocas a ambos lados de la entrada. Ulises ordenó a las otras naves de su flota que entraran en el puerto y echaran el ancla en sus protegidas aguas, pero condujo su propia embarcación hacia un peñasco del cabo, donde sus hombres ataron las amarras; luego subió a una áspera atalaya,* desde la que observó la isla. Y afortunada fue para él tal decisión.

Las noches eran tan cortas en aquel lugar que, cuando apenas se habían desvanecido por poniente los últimos arreboles* del crepúsculo, ya empezaba a palidecer el cielo oriental para dar paso a la aurora. Y antes de que saliera el sol, desde el rocoso promontorio* de la boca del puerto, Ulises envió a tierra a tres de sus hombres para que reconocieran la zona.

Después de caminar algún tiempo divisaron una ciudad a lo lejos, pero antes de alcanzarla encontraron un pozo, bien protegido por la sombra de los árboles, donde una muchacha de largos brazos y anchos hombros sacaba agua. Procedieron a preguntarle quién era el rey de la isla y dónde podrían encontrarlo.

—Es a mi padre a quien buscáis —respondió ella, echándose a reír—. Venid conmigo y os llevaré sin tardanza a su presencia.

Dicho lo cual los condujo a la ciudad de los lestrigones y a un palacio de grandes dimensiones que se alzaba en su centro.

Pero el recibimiento que el rey Antífates les deparó no fue muy diferente del que les había dispensado Polifemo, ya que tan pronto como vio a los hombres agarró a uno de ellos, le reventó el cráneo contra una columna y exclamó que ya tenía carne fresca para la cena. En cuanto a los otros dos, que a duras penas consiguieron escapar, corrieron desesperadamente de vuelta hacia la nave.

El rey, sin embargo, comenzó a gritar, llamando a voces a los otros lestri-gones, quienes, al oírle, empezaron a acudir de todas partes en gran número, y eran de una fortaleza tal que más que hombres parecían gigantes; ensegui-da, desde las peñas de la orilla, empezaron a arrojar enormes pedruscos so-bre las naves ancladas en el estrecho refugio. Los dos que habían escapado del palacio real cayeron desde las rocas del promontorio a la nao* atracada en la boca del puerto. Y Ulises, al tiempo que los veía llegar, presenció tam-bién lo que estaba sucediendo con el resto de la flota. Oyó los gritos y gemi-dos de los moribundos y el quebrarse de las cuadernas;* y comprendió que nada podía hacer por ellos. Desenvainando la espada, cortó la amarra de su barco, gritando a la tripulación mientras lo hacía:

—¡Remad! ¡En el nombre de todos los dioses, remad si queréis salvar la vida!

Los remeros, impulsados por el miedo a una muerte espantosa, golpea-ron el agua al unísono, enviando la nave hacia adelante como un sabueso* li-berado de la traílla,* y de esa manera llegaron a mar abierto, dejando a sus espaldas tan terrible lugar, agradecidos por haber escapado con vida, aunque llorando, mientras remaban, la muerte de tantos compañeros.

Y Ulises comprendió que Posidón, el de cerúlea* cabellera, había escu-chado la plegaria de su hijo Polifemo, el cíclope ciego. Porque ahora, de las doce naves y de sus valientes tripulaciones, tan sólo le quedaba una.

LA HECHICERA CIRCE

De nuevo navegaron Ulises y los escasos supervivientes de su grupo hasta llegar a otra isla. Una vez más anclaron su nave en una bahía protegida; y durante dos días y dos noches permanecieron en una playa, junto a su nave, demasiado exhaustos y deprimidos para hacer cosa alguna.[9]

Pero al llegar la mañana del tercer día Ulises tomó su espada y su lanza y, dejando a los demás, se internó en busca de un lugar elevado desde donde estudiar el terreno. Pronto llegó a una colina y, trepando hasta su cima, contempló un espeso bosque que cubría la mayor parte de la isla. No había señal de tierras cultivadas, ni tejado que revelara la existencia de habitación humana, aunque en el corazón mismo de la isla, donde los árboles eran más espesos, se alzaba un solo penacho de humo rojizo.

Casi se disponía ya a seguir adelante para averiguar el significado de aquel humo, cuando recordó los peligros encontrados en anteriores ocasiones. Quizá fuera mejor regresar a la nave, conseguir que sus hombres se alimentaran para reponer fuerzas, y enviar después a un buen grupo de exploradores. De manera que emprendió el regreso y, en la orilla de un arroyo, se tropezó con un hermoso ciervo de magnífica cornamenta que bebía a la sombra de un árbol. Sin pensárselo dos veces le arrojó la lanza con tal acierto que, hiriéndolo en el espinazo, lo atravesó de parte a parte. Tejió luego con mimbres una soga como de una braza, con la que trabó las patas del animal. Después se lo echó a la espalda y se encaminó hacia la nave apoyándose en la lanza a manera de cayado.*

Al reunirse con sus compañeros, los encontró tumbados en torno a la embarcación, demasiado exhaustos aún para interesarse por lo que pudiera sucederles; Ulises arrojó entonces el ciervo en medio de ellos, diciéndoles:

—¡Arriba los corazones! Sólo descenderemos a la morada de Hades[10] cuando llegue el día marcado por el fatal destino. Ánimo, pues, y mientras tengamos comida y bebida no nos dejemos consumir por el peor de los enemigos, que es el hambre —y aquella noche cenaron asado de ciervo y bebieron a discreción dulcísimo vino, por lo que se fueron a dormir con el estómago menos vacío y el ánimo más sereno.

A la mañana siguiente, Ulises, después de dividir a sus hombres en dos grupos, tomó el mando de uno y el otro se lo encomendó a Euríloco, un lejano pariente suyo. Echaron luego a suertes, por medio de dos trocitos de madera depositados en un yelmo, quién se encargaría de averiguar el significado del distante penacho de humo. Al agitar el yelmo, cayó fuera la madera de Euríloco, quien, con sus veintidós hombres, se internó en el bosque, mientras Ulises y los demás esperaban junto a la nave.

Cuando el día tocaba a su fin regresó Euríloco y, al principio, incapaz de hablar a causa de los horrores que había presenciado, sólo logró que salieran su garganta suspiros y sollozos, mientras manaban de sus ojos abundan lágrimas. Al fin pudo recobrar la calma y consiguió narrar lo acontecido.

Después de atravesar el encinar, tal como Ulises les había indicado, encontraron en el interior de un valle un hermoso palacio de piedra pulimentada. A su alrededor paseaban lobos y leones de gran mansedumbre, que se acercaban a hacerles fiestas como gozquecillos,* irguiéndose incluso para ponerles las garras en los hombros y lamerles la cara. En el pórtico* encolumnado vieron, junto a un telar, a una mujer que cantaba suave y dulcemente mientras tejía la delicada urdimbre.* Uno de los hombres le dirigió la palabra, y la hermosa mujer, de aventajada estatura, vestida con una túnica

de color oscuro y fantásticas joyas de filigrana* dc oro en los brazos y en el cabello, abandonó su labor y les dio la bienvenida. Enseguida, abriendo las magníficas puertas del palacio, les invitó a entrar; todos, confiados, la siguieron, a excepción de Euríloco, que recelaba un engaño y permaneció fuera, contemplando lo que sucedía a través de las puertas abiertas.

Euríloco vio cómo la mujer y sus doncellas invitaban a sus compañeros a sentarse, cómo mezclaban vino que procedieron a ofrecerles y cómo, con la mayor dulzura y amabilidad, les sostuvieron las copas para que bebieran. Pero cuando los griegos apuraron el líquido embriagador, la dueña del palacio tomó una delicada varita de madera tallada y, uno a uno, fue tocándolos con ella; al instante les brotaron cerdas, la boca se les convirtió en hocico y empezaron a caminar a cuatro patas. Habían dejado de ser hombres para convertirse en puercos, hozando* y gruñendo alrededor de la maga.

—Entonces —dijo Euríloco, concluyendo su relato—, la mujer estalló en carcajadas y los sacó del palacio. Pasaron muy cerca de mi escondite, los seguí, y vi cómo los encerraba en las cochiqueras,* diciendo que aquél era el lugar que ahora les correspondía. Pero en medio de la suciedad de las pocilgas vi cómo nuestros compañeros lloraban con lágrimas humanas.

Después de escucharle, Ulises se ciñó la espada, tomó el arco y le rogó que volviera con él al palacio de la maga. Pero Euríloco se arrojó a sus pies, llorando de nuevo.

—¡No me pidas eso! ¡No puedo volver a ese lugar! ¡Y tú tampoco! ¡Nuestros compañeros están perdidos para siempre y tú no regresarás nunca!

Ulises, después de intentar darle ánimos, le permitió quedarse con los otros y se internó solo en el bosque. Pero en el camino se encontró con Hermes, el mensajero de los dioses, transformado en hermosísimo mancebo en la flor de la edad, quien, tomándolo de la mano, le dijo:

—Veo que estás decidido a rescatar a tus hombres de las pocilgas de la maga Circe, pero tu arrojo sólo servirá para que te reúnas con ellos si no cuentas con la ayuda que sólo yo puedo proporcionarte.

Acto seguido arrancó una planta del suelo y se la mostró a Ulises: la raíz era tan negra como la noche y las flores tan blancas como la leche. Ningún mortal puede arrancarla, aunque todo es fácil para los dioses.

—Toma esta planta y guárdala, pues es la hierba de la vida —le dijo Hermes—; con ella el brebaje que Circe te preparará no tendrá poder para privarte de la forma humana, ni lo logrará tampoco con el toque de su varita mágica. Pero cuando te golpee con ella, habrás de desenvainar tu espada y acometerla como si te propusieras poner fin a su vida. La hechicera caerá a tus pies presa de terror, porque ningún hombre ha resistido jamás el poder de su magia, y te rogará que yazgas con ella en el lecho y que le concedas tu perdón. Tú le otorgarás esos deseos de buen grado, pero no sin antes hacerle prometer que deshará el encantamiento que transformó a tus hombres y que renunciará a maquinar nuevos horrores contra ti y tus compañeros.

Dicho aquello, Hermes se elevó al punto* por los aires para regresar al Olimpo, la morada de los dioses.

Ulises, después de ocultar bajo la túnica la planta de flores blancas y de sentir su frescor al ponerse en contacto con la piel, prosiguió su camino. Al llegar al palacio de Circe oyó cómo la maga cantaba trabajando en el telar, y empezó a llamarla mientras los lobos y los leones le hacían fiestas. La hechicera salió a recibirle, le rogó que entrara en la casa, y le acomodó en un hermoso sillón con adornos de plata. Luego le preparó una mixtura* y echó en ella una droga que ocultaba en el hueco de la mano. Después ofreció a Ulises aquel brebaje en una copa de oro, diciendo:

—Bebe y sé bienvenido bajo mi techo.

El hijo de Laertes, confiando en la planta de flores blancas oculta bajo su túnica, apuró el líquido hasta las heces* y devolvió la copa. Entonces la maga tomó su varita y le golpeó suavemente, rogándole entre sonrisas que saliera a reunirse con sus amigos en las zahúrdas* de palacio. Pero Ulises desenvainó la espada e hizo ademán de atravesar a Circe con ella. Lanzando agudísimos gritos, la maga se arrojó a sus pies y, abrazada a sus rodillas, le dijo:

—¿Quién eres, que mi magia no tiene efecto sobre ti? Sin duda debes de ser aquel Ulises de quien en una ocasión el dios Hermes me anunció que pasaría por esta isla en su nave negra, de regreso a su patria, una vez concluida la guerra de Troya. ¡Por favor, envaina la espada, para que florezca entre nosotros la confianza y la amistad!

Ulises colocó su espada desenvainada en el cuello de la hechicera.

—Prométeme primero, poniendo a todos los dioses por testigos, que no volverás a utilizar tus artes contra mí ni contra mis hombres. Quizá entonces pueda nacer la amistad entre nosotros.

Todavía llorando, Circe hizo la promesa que Ulises le exigía, y el héroe paciente envainó la espada.

Las cuatro doncellas de la maga, hijas de los manantiales y de los árboles, cubrieron entonces los sillones con hermosos tapices de púrpura, colocaron platos de oro sobre mesas de plata y mezclaron vino en una crátera.* Calentaron agua y bañaron a Ulises, derramándole sobre la cabeza y los hombros agua perfumada hasta que desapareció todo su cansancio; y a continuación le engalanaron con nuevas prendas y lo condujeron hasta la mesa, rogándole que comiera y bebiera. Pero él permaneció ensimismado, sin tocar ni los alimentos ni el vino, hasta que Circe le preguntó por qué seguía triste.

—¿Aún dudas de mí? —añadió—. No temas, porque he jurado no hacerte ningún mal.

—Pero, ¿y mis compañeros? —respondió Ulises—. ¿Qué hombre razonable pensaría en comer y regocijarse, mientras sus amigos, convertidos en puercos, permanecen cautivos y languidecen en tus pocilgas?

Circe, seguida de Ulises, salió del palacio para dirigirse a las cochiqueras. Una vez allí abrió la puerta, llamó a los amontonados puercos y fue tocándolos con su varita; a medida que los tocaba volvían a ser hombres, ahora más jóvenes y bellos que antes, y, al ver a Ulises, lo abrazaron llenos de alegría y luego se abrazaron unos a otros sin poder contener las lágrimas.

La maga ordenó entonces a Ulises que regresara junto a su nave para sacarla a tierra firme, almacenando todas sus posesiones en una cueva cercana, y que después volviera con el resto de sus hombres, porque todos habían de ser huéspedes suyos durante algún tiempo.

Ulises, aunque dudó unos instantes, no había perdido aún su ansia de nuevas y extrañas experiencias; y también pesó en su ánimo el hecho de que tanto sus hombres como él necesitaran descanso, además de provisiones y suministros, antes de hacerse de nuevo a la mar. Aceptó por tanto la invitación de la maga y volvió a la costa con todos sus hombres; una vez allí explicó al resto de sus compañeros lo sucedido, así como su propósito de regresar al palacio de Circe.

Todos, menos Euríloco, aceptaron la invitación de buen grado, y pusieron manos a la obra para varar* la nave; pero Euríloco seguía siendo un hombre dominado por una pesadilla, y les suplicó que en lugar de volver con Circe se hicieran a la mar enseguida, para escapar así al poder de la maga.

Ulises desenvainó la espada, dispuesto, aunque fuese su amigo y pariente, a acabar con él, para impedir que contagiara su miedo a los demás. Pero sus compañeros le rogaron que lo dejara como guardián de la nave mientras ellos se hospedaban en casa de la hechicera, y Ulises aceptó. Aún no se habían alejado mucho, sin embargo, cuando Euríloco se reunió con ellos, temeroso aún de la terrible amenaza de Ulises.

Y así fue como todos llegaron juntos a casa de Circe y a la fiesta que ella y sus doncellas les habían preparado.

EL REINO DE LOS MUERTOS

Día a día se fueron sucediendo los banquetes, mientras que por las noches el sueño los visitaba en blandos lechos, por lo que el tiempo transcurría muy agradablemente; y ninguno de los huéspedes de la maga, ni siquiera Ulises, se daba cuenta con claridad de cómo pasaban las horas, porque en la isla encantada de Circe el tiempo parecía tener menos importancia que en el mundo de los hombres. Pero transcurrido un año, cuando las flores que perfumaban los claros del bosque a su llegada a la isla abrieron de nuevo sus corolas, los compañeros del héroe paciente acudieron a él para decirle:

—Señor, si de verdad deseas que regresemos a nuestros hogares, ya va siendo hora de que, una vez más, empieces a pensar en Ítaca.

De manera que aquella noche, mientras sus compañeros dormían en el palacio en sombras, Ulises fue a hablar con Circe en sus apartamentos. Y la hechicera, mientras se peinaba los largos cabellos negros, le dijo:

—Parte entonces, si es eso lo que deseas. Pero ni siquiera yo puedo decirte todo lo que necesitas saber para regresar a tu tierra.

—¿Quién puede decírmelo? —preguntó Ulises.

La divina Circe siguió peinándose los cabellos.

—Habrás de ir al reino de los muertos, a las oscuras mansiones de Hades y de la hermosa Perséfone. Y, una vez allí, habrás de invocar al espíritu de Tiresias, el profeta ciego de Tebas. Sólo él posee los saberes que necesitas.

A Ulises se le encogió el corazón, porque ¿cómo podía ir él al reino de los muertos y regresar con vida?[11]

Pero Circe le explicó los caminos que había de seguir y las cosas que debía hacer, entregándole una oveja y un carnero negros para ofrecerlos en sacrificio en el momento oportuno.

Ulises reunió a su tripulación al día siguiente y la condujo hasta la nave. Uno de ellos, sin embargo, faltó: Elpénor, el más joven de todos, después de haber bebido demasiado la noche anterior, subió imprudentemente, buscando el aire fresco, a la parte más alta del palacio, donde se entregó al sueño. Cuando le despertó, sobresaltándole, la algarabía* provocada por el anuncio de la marcha, quiso apresurarse todavía medio dormido, por lo que perdió pie en la escalera, y se rompió el cuello al caer.

El resto de la tripulación, que se creía a punto de hacerse a la mar en dirección a Ítaca y a sus hogares, lloró amargamente, presa del abatimiento, cuando Ulises les informó sobre la sombría peregrinación que les esperaba. Pero ningún provecho les proporcionaron sus lamentaciones, de modo que, sobreponiéndose a la tristeza, arrastraron la nave hasta ponerla a flote, izaron* el mástil y colocaron las velas, además de embarcar a la oveja y al carnero negros. Luego zarparon, y un viento enviado por Circe los empujó en la dirección deseada.

Navegaron por espacio de un día, aunque quizá fuesen varios, alejándose de la luz y adentrándose en la oscuridad, hasta alcanzar el profundo río Océano que ciñe la tierra y los parajes, eternamente envueltos en nieblas y a los que nunca llega el sol, donde se encuentra el melancólico bosquecillo de álamos y sauces cuya dueña es Perséfone. Embarrancaron la nave y siguieron a pie por la orilla del río Océano hasta el lugar donde confluyen los dos ríos de los muertos.[12]

Una vez allí cavaron una zanja y vertieron en ella la miel mezclada con leche y vino que Circe les había entregado con aquel fin, encomendándose, mientras lo hacían, a los espíritus de los muertos. Ulises sacrificó después el carnero y la oveja, como Circe les había indicado, derramando su oscura sangre en el interior de la zanja.

Y enseguida salieron del Érebo[13] los pálidos espíritus de los muertos, deseosos de oler la sangre recién vertida: sombras de novias, fallecidas largo tiempo atrás, jóvenes y ancianos infelices, y guerreros que habían perecido luchando, con la espectral lanza en la mano y las heridas aún abiertas. Y Ulises, sintiendo que le dominaba el terror, ordenó a sus hombres que desollasen a los animales sacrificados y quemasen las porciones sagradas en honor de Hades y Perséfone. Y mientras le obedecían, el héroe paciente permaneció sentado y con la espada desenvainada sobre las rodillas, a fin de que ningún otro espíritu, a excepción de Tiresias, se acercase a la sangre.

La primera sombra que se presentó fue la del joven Elpénor, para suplicar que se quemara su cuerpo, porque de lo contrario le sería imposible relacionarse con otros espíritus. Ulises prometió cumplir su deseo tan pronto como regresara a la isla de Circe.[14] Luego acudió el alma de su madre Anticlea, viva aún cuando su hijo salió de Ítaca camino de Troya; pero, pese a la gran aflicción que le embargó, no permitió que se acercara a la sangre hasta que Tiresias la hubiera probado.

Apareció, por fin, el espíritu del profeta ciego, quien rogó a Ulises que le dejara beber. El hijo de Laertes enfundó la espada y dio un paso atrás.

Después de que Tiresias hubo satisfecho su sed, quedando fortalecido, procedió a hablar con la auténtica voz del vidente.

—Posidón, señor del mar, aún está enojado contigo por haber cegado a su hijo, y pondrá obstáculos a tu viaje. Tú y tus hombres podréis, sin embargo, volver sanos y salvos a vuestras costas si escuchas las advertencias que voy a hacerte. Llegarás en tus viajes a la isla de Trinacria, donde encontrarás en sus excelentes pastos a los ganados del Sol, el del carro de fuego. Si los dejas engordar en paz y piensas sólo en volver a casa, todavía hay esperanzas de que tú y tus hombres regreséis a Ítaca. Pero si les haces daño, desde ahora mismo te anuncio que perderás la nave y a tus amigos; en cuanto a ti, si consigues evitar la suerte de tus compañeros, te veo llegar solo, en la embarcación de un extraño, a una morada llena de dolor y de conflictos. Una turba* de desvergonzados asola tus posesiones al tiempo que corteja a tu regia consorte,* Penélope, que te cree perdido desde hace mucho tiempo.

—Bien está todo lo que acabas de decir, puesto que así lo decretan los dioses —dijo Ulises.

Y, al ver que el espíritu de su madre aún seguía cerca, preguntó cómo podría comunicarse con ella.

—Cualquier sombra a la que permitas participar en la sangre del sacrificio podrá hablar contigo —dijo Tiresias, cuya voz se fue haciendo más débil mientras hablaba, hasta desaparecer por completo.

Se aproximó entonces la madre de Ulises, y él le permitió probar la sangre, después de lo cual conversaron. Anticlea le preguntó qué hacía en aquel lugar y le contó cómo había muerto de dolor cuando él llevaba ya muchos años ausente. Dominado por la nostalgia, en tres ocasiones extendió Ulises los brazos para estrecharla, pero en otras tantas el espíritu de Anticlea se escabulló como una sombra incorpórea o un sueño hasta que, finalmente, quedó completamente vacío el sitio que había ocupado.

Se fueron presentando luego otros difuntos. Entre ellos Agamenón, rey de todos los griegos y comandante supremo de las naves negras enviadas a la conquista de Troya. Después de saborear la espesa sangre, procedió a relatar cómo, al volver a su hogar, Egisto, el amante de su esposa Clitemestra, lo había asesinado a él y a todos sus compañeros, en el transcurso de una fiesta que creyeron se celebraba para darles la bienvenida. También él se marchó, finalmente, y vino a ocupar su sitio Aquiles, el más grande de todos. Este último manifestó, sin embargo, que antes querría ser siervo de cualquier labrador sin caudal en el mundo de los vivos que reinar sobre todos los muertos de aquel país gris y melancólico donde nunca brillaba el sol ni crecían las flores, salvo el pálido asfódelo.* Pidió noticias de sus amigos y parientes en el mundo de los vivos; y cuando Ulises le hubo contado todo lo que sabía, se alejó a grandes zancadas, como hacía cuando estaba vivo, hasta perderse entre las sombras.

Muchos fueron los personajes que desfilaron ante Ulises y sus compañeros: el poderoso Áyax, que no quiso acercarse porque todavía le guardaba rencor, ya que había sido el causante de su suicidio; el rey Minos, con su cetro de oro; y Orión, el cazador, con su maza de bronce jamás quebrantada, persiguiendo por los campos de asfódelos* las fieras que en vida mató.

Vieron a Tántalo, ardiendo para toda la eternidad con el tormento de la sed. Porque si bien permanecía sumergido hasta la barbilla en un estanque de agua clara, cada vez que inclinaba la cabeza para beber, descendía al instante el agua hasta descubrir, en torno a sus pies, la tierra negruzca que un dios desecaba; y cada vez que, desesperado, alargaba la mano para apoderarse de una pera o de una granada de los frutales que tendían sus ramas sobre el estanque, un viento veloz las alzaba hasta las nubes sombrías.

Vieron igualmente a Sísifo, empapado en sudor, la cabeza envuelta en polvo, mientras se esforzaba, el corazón estallándole en el pecho, por empujar pendiente arriba un peñasco monstruoso que luego, cuando ya estaba a punto de dejarlo sobre la cumbre, volvía a deslizarse pendiente abajo, arrastrado por su gran peso, regresando hasta el llano, donde Sísifo tornaba a empujarlo con todas sus fuerzas.

Muchas fueron las almas que salieron de las sombras y llenaron el aire con sus gemidos, muchos eran los fantasmas de todos los muertos desde el comienzo del mundo. Finalmente, el miedo que había ido apoderándose de los vivos llegó a hacerse insoportable, obligándoles a regresar lo más deprisa que pudieron al bosque donde habían dejado la nave.

Soltaron amarras y se alejaron de tan melancólica costa, apartándose de las sombras para buscar de nuevo el sol; y, empujados por el viento occidental, regresaron a la isla de Circe.

PELIGROS DEL MAR

Lo primero que hicieron Ulises y sus hombres al poner pie en la isla de la hechicera fue incinerar el cadáver de Elpénor y levantar en memoria suya un túmulo,* en cuya cúspide colocaron, erguido, el remo que había empuñado en vida.

Luego celebraron un banquete con Circe, como en tantas ocasiones, y le contaron todo lo sucedido durante su viaje al reino de los muertos. Llegada la noche, al comprobar que sus huéspedes seguían decididos a zarpar para volver a sus hogares, la hechicera recordó a Ulises los peligros que aún les aguardaban y le explicó cómo superarlos: le habló de las sirenas y de los peñascos errantes, así como de Escila y Caribdis. Ulises la escuchó y atesoró en su corazón todo lo que le dijo.

Al llegar la Aurora de rosados dedos se despidieron para siempre. Circe regresó a su palacio mientras Ulises y los suyos se embarcaban para adentrarse una vez más por mares desconocidos.

Al comienzo del viaje les acompañó una brisa propicia,* último regalo de Circe. Pero después de algún tiempo cesó el viento, encalmándose el mar. Y en el centro de aquella calma profunda divisaron, como si flotara sobre el agua, una isla semejante a un prado florido, desde donde les llegaron voces de mujeres que cantaban: un sonido tan débil que resultaba casi inaudible, pero tan dulce que parecía tirar de quienes lo oían como con un hilo de seda. Ulises comprendió, porque Circe se lo había advertido, que estaba escuchando las voces de las sirenas, quienes, desde sus prados floridos, cantaban a los marinos que pasaban cerca de la isla;[15] y supo que las flores y las hierbas altas ocultaban los esqueletos de quienes habían respondido a su llamada, muriendo víctimas de aquel dulce y extraño canto que cautivaba el alma.

Ulises ordenó a sus hombres que dejaran de remar —porque habían empuñado los remos al cesar el viento—, y fue cortando repetidas veces el pan de cera que Circe le había proporcionado; luego entregó los fragmentos a sus compañeros para que se taparan los oídos y no oyeran el dulce canto.

Pero como él deseaba ardientemente oírlo, ordenó a sus hombres que lo ataran al mástil* con fuertes maromas* y que por ningún motivo lo liberasen, por mucho que forcejeara y se lo suplicase, hasta que la isla quedase muy lejos. Sus compañeros hicieron lo que les ordenaba, empuñaron de nuevo los remos y acercaron la nave hasta muy cerca de la orilla, desde donde todos podían contemplar a las hermosas doncellas y Ulises oír sus dulces cantos entre el suave chapoteo de las olas que agonizaban sobre la arena.

> *Acércate aquí, oh célebre Ulises,*
> *la flor de los bravos guerreros aqueos;*
> *atraca tu nave y escucha los cantos*
> *que entonan las bellas doncellas del mar*
> *con voces más dulces que miel del panal.*
> *Nosotras sabemos los hechos de Troya*
> *y cuanto acontece en la Tierra feraz...**

A Ulises se le llenó el corazón de nostalgia, por lo que luchó denodadamente* por zafarse* de las cuerdas que lo ataban, gritando a sus compañeros que lo desatasen, aunque sabía que no podían oírle. Los remeros aceleraron el ritmo de sus paladas, aumentando la velocidad de la nave, hasta que la isla se fue perdiendo a popa y dejaron de oírse las voces de las sirenas.

Luego se sacaron la cera de los oídos y desataron a su capitán, que lloraba como si hubiera perdido el mundo con todos sus tesoros. Y así fue como superaron el primero de los peligros anunciado por Circe.

No tardaron mucho, sin embargo, en tener que enfrentarse con el siguiente. Ocultos a medias entre el vapor de unas olas inmensas, dos enormes peñascos negros, separados por un estrecho paso semejante a un río de montaña, alzaban sus cimas hacia las nubes; muy cerca, bajo la roca de la izquierda, se hallaba un hirviente remolino donde Caribdis, la monstruosa hija de Posidón y de Gea, se tragaba tres veces al día el agua del mar y tres veces la devolvía; un remolino que ninguna nave conseguía superar. Y en una cueva en el centro del peñasco de la derecha, tenía su guarida otro monstruo, Escila de nombre, con seis cabezas sobre largos y delgados cuellos escamosos y, en cada una de sus seis bocas, tres hileras de afilados dientes; Escila estaba además dotada de doce largos tentáculos con garras en sus extremos, con las que se apoderaba de sus presas: grandes peces o delfines, y también seres humanos, si alguno pasaba por sus inmediaciones.

Ulises sabía todo aquello porque Circe se lo había contado. Pero también estaba al tanto de que los abruptos* arrecifes que se extendían a izquierda y derecha, bajo la espuma de las olas embravecidas, no estaban anclados al fondo del mar, sino que flotaban libremente, por lo que si algo trataba de pasar entre ellos, desde un barco a un ave marina, chocarían como címbalos,* triturando y destruyendo lo que apresaran, sin dejar otra cosa que cadáveres y restos de naufragio o algunas plumas manchadas de sangre. Por esa razón los dioses las llamaban las rocas errantes.

Tan sólo se podía pasar por el estrecho entre Escila y Caribdis. Y cualquiera que utilizara aquel terrible camino marítimo había de elegir entre Caribdis, capaz de tragarse a cualquier nave que cayera en sus garras, y Escila, que sólo devoraba a algunos hombres. Haciendo de tripas corazón, Ulises ordenó al piloto que acercara el barco a la roca de la derecha, aunque sin explicar el porqué.[16]

Avanzaron por el estrecho, manteniéndose lo más cerca posible de la roca de Escila y distanciándose al máximo de la hirviente agitación y de los

rugidos del torbellino que trataba de apoderarse de ellos y sumergirlos en el abismo. Y mientras luchaban por abrirse paso, del fondo de su cueva surgieron las seis cabezas de Escila, que se apoderaron de seis de los remeros.

Mientras aún se debatían y solicitaban a gritos de sus compañeros la ayuda que nadie podía prestarles, las seis víctimas desaparecieron en la oscuridad de la cueva, y sus alaridos se perdieron entre el fragor de las aguas.

—¡Remad! —gritó Ulises a los hombres que aún le quedaban—. ¡En el nombre de todos los dioses, remad con fuerza!

Y sus compañeros se inclinaron sobre los bancos y remaron como no lo habían hecho nunca, hasta volver a salir a mar abierto, dejando atrás aquel terrible desfiladero y a sus amigos.

Nunca hubo sobre la faz de la tierra hombres más agotados y deshechos, por lo que, al divisar más tarde una isla verde y acogedora y escuchar, cuando aún se hallaban a cierta distancia de la costa, los balidos de las ovejas y el mugir de las vacas, les pareció que allí podrían disfrutar del descanso que tanto necesitaban.

Pero Ulises recordó la advertencia de Tiresias sobre el ganado del Sol, por lo que ordenó a su tripulación que siguiera remando. Entonces Euríloco se rebeló. Dijo que sus compañeros no podían seguir remando; que necesitaban desembarcar, comer algo y dormir en tierra firme antes de volver de nuevo a los caminos del mar; y los demás se unieron a él, gritando que necesitaban descansar. Ulises comprendió que debía ceder, aunque antes les hizo jurar que no tocarían el ganado del Sol.

Atracaron la nave en una ensenada* muy resguardada, desembarcaron, comieron de las provisiones que Circe les había dado y, olvidados incluso, a causa del agotamiento, del dolor por la pérdida de sus compañeros, se tumbaron a dormir.

Pero aquella noche Zeus les envió una gran tormenta. Ocultó con nubes el cielo y el mar, y un pavoroso viento del oeste golpeó la costa con enormes olas. Ulises y sus compañeros lograron, arrastrando el bajel,* esconderlo en cóncava gruta, morada de las ninfas que cuidaban del ganado del Sol y lugar de sus admirables danzas.[17] Y allí se dispusieron a esperar el fin de la tormenta. Pero el furor del mar se prolongó por espacio de un mes, sin que les fuera posible hacerse a la mar. Pronto desaparecieron las reservas de alimentos que Circe les había proporcionado y tuvieron que sobrevivir a duras penas con los pocos peces y aves marinas que lograron capturar en circunstancias tan adversas. Ulises, finalmente, penetró solo en el interior de la isla para rezar en su santuario y solicitar ayuda de los dioses del Olimpo. Una vez que hubo elevado sus plegarias, el sueño se apoderó de él.

Cuando despertó aún bramaba la tempestad. Se puso en camino para regresar al barco y, al acercarse a la gruta, el viento le trajo un agradable olor a carne asada.

—Sin duda los dioses se apiadarán de nosotros —dijo Euríloco cuando Ulises les reprendió su locura—. Sin el sacrificio de los novillos hubiéramos perecido, y la muerte por hambre es un final terrible.

El mal estaba hecho, y no se podía remediar renunciando a alimentarse, por lo que comieron la carne de los animales sacrificados, hartándose con ella por espacio de seis días.

Al séptimo se calmó la tormenta. Cesó el viento, el sol apareció entre las nubes, los compañeros de Ulises lanzaron la nave al anchuroso mar, y al momento embarcaron, con grandes esperanzas de que el Sol les hubiera perdonado el sacrificio de algunos de sus animales al ver que había sido tan extrema su necesidad.

Pero tan pronto como se alejaron de tierra firme, una gran nube sombría trepó hasta lo más alto del cielo y los sumió en la más negra oscuridad, aunque a su alrededor el mar azul siguiera iluminado por el sol. Luego se desencadenó una tempestad y un torbellino se abatió sobre ellos, rasgando velas y jarcias* y quebrando el mástil,* que se derrumbó con gran estrépito, golpeando al timonel en la cabeza y lanzándolo por la borda, de manera que ya estaba muerto antes de caer al agua. Y del oscuro centro de aquella nube de tormenta estalló un espantoso relámpago, semejante a un latigazo, y un furioso rayo hirió la nave, temblando toda su armazón bajo el golpe y llenándose de vapores de azufre, mientras los compañeros de Ulises caían por la borda en confuso montón.

Durante algún tiempo sus cabezas se balancearon sobre las olas como oscuras aves marinas. Luego, uno tras otro, fueron hundiéndose. Tan sólo Ulises sobrevivió, pero, arrastrado de nuevo por el viento hacia la horrible Caribdis, evitó ser tragado por ella agarrándose a una higuera silvestre, hasta que el monstruo vomitó el mástil del barco y pudo el héroe aferrarse de nuevo a él. Cesada la tormenta, el mástil flotó y, sobre el mástil, privado ya de todos sus compañeros, sobrevivió Ulises, navegando a la deriva durante nueve largos días con sus noches.

A la décima noche, más muerto que vivo, las olas lo lanzaron a la orilla de otra isla. Y allí, a la tenue luz del amanecer, entre los chillidos de las aves marinas, la ninfa Calipso, la señora de la isla, lo encontró desvanecido, sobre la línea de la marea alta, como si fuera un simple amasijo de algas.

TELÉMACO BUSCA A SU PADRE

U lises pasó siete largos años en la isla de la ninfa Calipso, un lugar apartado de las rutas por donde de ordinario transitan las naves.[18] El héroe paciente carecía de medios para construir una embarcación y, por otra parte, tampoco hubiera encontrado los remeros necesarios para hacerse a la mar. Y Calipso, aunque muy amable con él en todo, no quería ayudarle a emprender el viaje de regreso a su patria, porque anhelaba en su corazón que se quedara con ella para siempre y se convirtiese en su amante.

Ulises, sin embargo, sólo soñaba con contemplar de nuevo su rocosa isla de Ítaca y no tenía otra ilusión que ver cómo en el suelo patrio se elevaba hasta el cielo el humo del fuego de su hogar. Y así pasaron los años.

En Ítaca, mientras tanto, eran muchos los sufrimientos de su esposa, Penélope, y de Telémaco, su hijo, todavía poco más que un niño de pecho cuando las naves negras zarparon rumbo a Troya. Porque, al pasar los años sin saberse nada del rey, todo el mundo supuso que Ulises había perecido. Por entonces murió de pena la madre del héroe paciente. Desaparecida Anticlea, su esposo Laertes, que, aunque anciano y enfermo, seguía vivo y debiera gobernar el reino mientras su hijo guerreaba (porque, en Ítaca, hijos y padres compartían el poder como se ha hecho en ocasiones en Egipto), se retiró a una granja para pasar sus últimos años apartado del mundo. Telémaco era aún demasiado joven, y no había en Ítaca una mano fuerte capaz de gobernar. Por otro lado, los hijos de la pequeña nobleza de Ítaca, que aún eran niños cuando zarparon las naves negras, se habían convertido en un grupo de jóvenes insolentes, decididos a hacer en todo lo que les venía en gana y dispuestos, sobre todo, a competir por la mano de Penélope y a apoderarse del trono, a pesar de que Telémaco era el legítimo heredero.

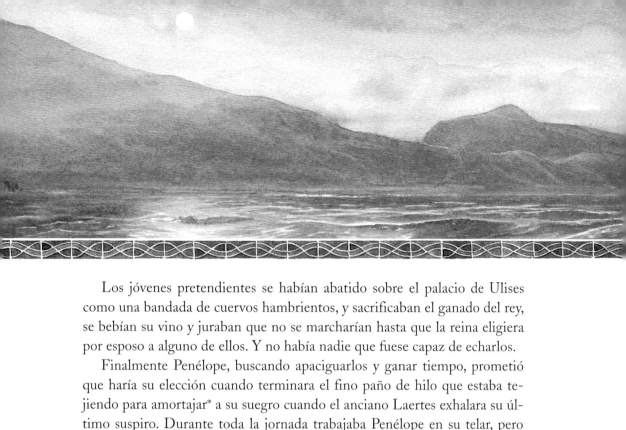

Los jóvenes pretendientes se habían abatido sobre el palacio de Ulises como una bandada de cuervos hambrientos, y sacrificaban el ganado del rey, se bebían su vino y juraban que no se marcharían hasta que la reina eligiera por esposo a alguno de ellos. Y no había nadie que fuese capaz de echarlos.

Finalmente Penélope, buscando apaciguarlos y ganar tiempo, prometió que haría su elección cuando terminara el fino paño de hilo que estaba tejiendo para amortajar* a su suegro cuando el anciano Laertes exhalara su último suspiro. Durante toda la jornada trabajaba Penélope en su telar, pero por la noche, cuando los jóvenes y altivos galanes se iban a dormir a sus casas o a otras dependencias del palacio, deshacía lo que había tejido durante el día, de manera que el paño permaneciera inacabado. Durante algún tiempo la estratagema* de Penélope sirvió para mantener a raya a los pretendientes; pero finalmente, una de sus esclavas, que se creía injustamente tratada, desveló su secreto, por lo que Penélope hubo de terminar la mortaja para Laertes. Pero siguió esforzándose por retrasar, día a día, el momento de elegir esposo. Los pretendientes, sin embargo, clamaban cada vez con mayor atrevimiento, y pronto llegaría el instante en que se viera obligada a ceder.

Palas Atenea, diosa de la sabiduría, que siempre había protegido a Ulises, al contemplar por entonces la tierra desde las alturas del Olimpo y ver lo que estaba sucediendo, decidió defender la causa del desdichado héroe ante los otros dioses. Les contó que Calipso lo tenía cautivo y trataba de hacerle olvidar su tierra y su gente con la esperanza de que llegase a amarla, y cómo Ulises seguía lleno de nostalgia por la patria perdida, mientras otros hombres derrochaban su hacienda y trataban de arrebatarle su esposa. Les explicó que ella misma estaba dispuesta a presentarse en Ítaca y persuadir a Telémaco de que ya tenía edad para tomar la iniciativa. Hermes, el mensajero de los dioses, debía, mientras tanto, trasladarse a la isla de Ogigia y explicar a la ninfa de hermosos cabellos que, por dolorosa que pudiera resultarle la pérdida de Ulises, los dioses decretaban que había llegado el momento de que lo dejase en libertad para que regresara con los suyos.

Atenea logró convencer a la asamblea de los dioses, con la excepción de Posidón. Pero el dios de los mares se hallaba en Etiopía, ocupado en algún asunto relacionado con otros seres humanos.

La diosa de la sabiduría se trasladó hasta Ítaca como una estrella fugaz y, una vez allí, adoptó la figura de un antiguo amigo de Ulises, Mentes de nombre, señor de los tafios, para poder desenvolverse sin trabas entre los hombres. Y con aquella apariencia penetró en el palacio.

En el pórtico* los pretendientes jugaban a las tabas* sobre las pieles de los bueyes que habían sacrificado para comérselos, mientras los criados preparaban la cena. Telémaco, con el corazón apesadumbrado por la ausencia de su padre, vio al forastero, le dio la bienvenida y lo condujo hasta el gran salón, sin suponer por un momento que tenía delante a la diosa Atenea.

Y cuando los pretendientes acudieron contoneándose* a las mesas donde iba a servirse la cena, Telémaco llevó al forastero a una mesita apartada donde pudiera comer tranquilo. Al aparecer los criados con los alimentos, el hijo de Ulises explicó al forastero en voz baja el porqué de la presencia de aquella turba* de maleducados en la casa de su padre, y su temor a que Ulises llevara largo tiempo muerto; a continuación preguntó a su huésped cómo se llamaba y cuál era la razón de su visita.

Atenea, siempre bajo la apariencia de Mentes, se presentó como un antiguo amigo de Ulises que, de camino hacia Témesa para adquirir bronce, había hecho escala en Ítaca con el pensamiento de encontrar ya de regreso a su amigo, porque sin duda estaba vivo y en camino hacia su patria. Y al ver que la esperanza iluminaba el rostro de su joven interlocutor, le ordenó que convocara a asamblea en la plaza a los nobles de Ítaca para quejarse ante ellos de los pretendientes; y que luego escogiera la mejor nave disponible, prepa-

rándola para zarpar, y él mismo saliera en busca de las nuevas más recientes acerca de su padre.

Atenea se marchó poco después, dejando que, por vez primera en mucho tiempo, el hijo de Ulises se sintiera reconfortado.

Al día siguiente el joven príncipe convocó a asamblea a los nobles itacenses y les habló como persona adulta y digno hijo de su padre. Pero no recibió más que burlas e insultos de los pretendientes, que habían descubierto el ardid* de Penélope; y, en cuanto al resto de los ciudadanos, aunque le compadecieron y se entristecieron por la situación del reino, pensaron que no estaba en sus manos ponerle remedio.

Atenea reapareció por la tarde, todavía con la apariencia del amigo de Ulises, y Telémaco, espoleado por los ánimos que le dio la diosa, encargó que le preparasen una galera* de veinte remeros, explicando con claridad a los pretendientes que partía en busca de las nuevas que los reyes Néstor y Menelao pudieran darle sobre la suerte de su padre. Pero nada dijo a Penélope, y fue la anciana Euriclea, nodriza suya, como anteriormente lo había sido de su padre, quien le proporcionó alimentos y vino para el viaje procedentes de los almacenes reales, cuya llave custodiaba.

Y por la noche, cuando Atenea les envió un viento de popa que cantaba sobre el oscuro mar de color de vino, Telémaco zarpó con su nave, abandonando Ítaca.

Los pretendientes, mientras tanto, furiosos y asustados, tramaron una conjura para librarse de Telémaco de una vez por todas.

—Dadme una nave y una tripulación de veinte hombres —dijo Antínoo, el pretendiente más arrogante y descarado—. Lo esperaré escondido en los estrechos entre Ítaca y Samos, y lo apresaré cuando regrese.[19] ¡Así pondremos adecuado final a esa excursión marítima en busca de su padre!

Y todos se mostraron de acuerdo.

A las doce de la mañana del siguiente día, Telémaco y sus remeros arribaron a Pilos, la ciudad de Néstor. El anciano rey lo recibió afectuosamente, y le relató qué había sido de algunos destacados caudillos del ejército troya-

no, pero nada pudo decirle sobre su padre que no supiera ya; y al día siguiente el hijo de Ulises se puso de nuevo en camino en un carro tirado por potros veloces de los establos reales, llevando al príncipe Pisístrato, uno de los hijos del rey, como auriga.* Avanzado ya el segundo día de viaje, descendieron por los abruptos senderos de las colinas hasta llegar a los trigales de Esparta, y, al caer la noche, el estrépito de sus ruedas se dejó oír en el patio exterior del palacio fortificado de Menelao.

Concluida la guerra de Troya, el viaje por mar del rey de Esparta y de la rubia Helena había sido también largo y fatigoso en extremo, y no hacía mucho que habían regresado a su tierra. Y Menelao se hallaba banqueteando con sus compañeros, alegres todos por su regreso al hogar, cuando se presentaron Telémaco y Pisístrato. El rey no les preguntó quiénes eran, porque hacerlo antes de que hubieran comido y bebido habría sido descortés. Encargó en cambio que se les preparase agua caliente y ropa limpia, y cuando se hubieron bañado y cambiado, los invitó a sentarse con él a la mesa.

Una vez concluida la cena, acudió al gran salón desde su perfumada estancia Helena, la de rosadas mejillas, tan hermosa como siempre; la seguían dos de sus doncellas, que llevaban su rueca de oro y su canastillo de plata, cargado con lana de color morado. Tras sentarse junto a las rodillas de su señor, dirigió su mirada, cuando comenzaba a hilar, al otro lado del hogar y vio el rostro de Telémaco. E, inclinándose hacia Menelao, le dijo:

—Mi señor, ¿habéis preguntado ya a nuestros huéspedes quiénes son y de dónde vienen?

—Todavía no —respondió el rey—. Mi intención era retrasar las preguntas hasta que hubieran disfrutado de una noche de descanso, porque están fatigados a causa del viaje.

—Creo que puedo contestar en nombre de uno de ellos sin esperar a mañana —dijo Helena, sonriendo a los forasteros—. El corazón me dice que el más joven es Telémaco, el hijo de nuestro viejo y querido amigo Ulises. ¿No adviertes, mi señor, el parecido?

—Sí que me percato del parecido —dijo Menelao—, ¡pero no sé si alegrarme, llorar o hacer ambas cosas al mismo tiempo!

Telémaco, poco acostumbrado a tratar con desconocidos, se ruborizó como una doncella y no supo decir nada. Pero Pisístrato habló por él, explicando que aquel joven era efectivamente el hijo de Ulises, y que había abandonado Ítaca para obtener alguna nueva sobre su padre; también explicó que él era hijo de Néstor, y que había recibido el encargo de acompañar a Telémaco. Todos, entonces, se alegraron y lloraron juntos, y Helena contó cómo Ulises se había presentado disfrazado de mendigo en su casa de Troya cuando se proponía robar el Paladio. Y Menelao habló del caballo de madera, aquel ardid de Ulises con el que, finalmente, habían conquistado la fortaleza sitiada.[20]

Pero como ya se estaba haciendo tarde, nada más se dijo aquella noche sobre el paradero de Ulises ni sobre las posibilidades de que siguiera con vida.

Al día siguiente Telémaco contó a su anfitrión cuál era la situación en Ítaca, hablándole de los sufrimientos de su madre y de la actitud de los pretendientes, quienes, creyendo muerto a su padre, trataban de obligarla a contraer segundas nupcias;* también le explicó cómo, al tener noticia por un tratante de bronce de que su padre seguía con vida, había acudido a Menelao para preguntarle si sabía algo del paradero de Ulises.

—Voy a responder a algunas de tus preguntas —dijo Menelao—, y que los dioses nos concedan que sea cierta tan extraña historia. En mi viaje errante tras abandonar Troya, fui a parar a Chipre, a Egipto y a Fenicia, y también a Libia, en la costa septentrional* de África. No hace mucho más de un año que vientos de tormenta me obligaron a refugiarme en la isla de Faro, a un día de viaje de la desembocadura del Nilo.[21] Nos atenazaba* el hambre, porque habíamos consumido todos nuestros víveres. Pero en esa isla vive una diosa, hija de Proteo, el viejo del mar, que se apiadó de nosotros y, viniendo a mi encuentro cuando paseaba solo, me explicó que únicamente su padre podía decirme cómo aplacar* a los dioses para que me enviaran un viento favorable. Todos los días, cuando el sol se encontraba en su cenit,* el anciano salía del mar para dormir en la orilla acompañado por un rebaño de focas; y si yo era capaz de capturarlo y de retenerlo (porque adoptaría toda clase de formas terribles para tratar de zafarse),* recobraría su forma original, y entonces tendría que responderme a lo que yo le preguntara.

»La diosa cavó en la arena zanjas poco profundas para mí y para tres de mis hombres, y nos cubrió con pieles de focas recién sacrificadas. Y allí esperamos.

»Al mediodía, el anciano salió a la playa con sus animales, y se tumbó en la arena, donde las olas habían trazado dibujos caprichosos. Cuando se hubo dormido, saltamos sobre él y lo sujetamos con todas nuestras fuerzas. Convirtióse el anciano en león y en jabalí, pantera y dragón, corriente de agua y árbol frondoso,* pero no cejamos* en nuestro empeño y a la larga recuperó su apariencia primera. Luego respondió a lo que le pregunté y me explicó que sólo conseguiría un viento favorable si regresaba a la desembocadura del Nilo y ofrecía a todos los dioses el sacrificio con el que debería haberlos propiciado* antes de ponerme en camino. Después, cuando le interrogué sobre amigos y parientes, me contó que mi hermano Agamenón había sido asesinado en su propio palacio, aunque imagino que ya conoces esa trágica historia. Finalmente me habló de Ulises y de cómo la ninfa Calipso lo retenía cautivo en una isla remota, por el amor que sentía por él.

»Siete años ha pasado en esa isla —añadió Menelao, concluyendo su relato—, siempre con la nostalgia de su tierra y de los suyos. Pero por allí no pasa nave alguna.

—¿Cómo podré encontrar ese lugar? —preguntó Telémaco, casi antes de que Menelao terminara de hablar.

—Nunca lo lograrías —dijo el rey—. Pero no creo que los dioses se hubieran tomado tantas molestias para mantenerlo vivo si no se propusieran permitirle que vuelva a su hogar.

Y con aquel frágil consuelo tuvo Telémaco que conformarse.

ADIÓS A CALIPSO

Mientras el hijo de Ulises se hallaba aún en la corte de Menelao, los dioses designaron a Hermes para transmitir su mensaje a la ninfa Calipso. Calzándose las aladas sandalias, voló hasta su isla el heraldo* de los dioses y la encontró en el interior de la espaciosa cueva que era su mansión, donde Calipso cantaba con voz melodiosa al tiempo que trabajaba en su telar con una lanzadera* de oro purísimo. Llenaban la cueva los aromas del cedro y el sándalo* al quemarse en el fuego del hogar. Por los alrededores de la cueva crecían alisos,* álamos y cipreses de fragante olor, en cuyas ramas abundaban los halcones y los búhos. Una parra, grávida* con la oscura dulzura de las uvas, cubría en parte la entrada de la cueva, y cuatro manantiales regaban el prado florido que se extendía más abajo. Difícil sería hallar otro lugar de cautiverio* más agradable. Pero Hermes no encontró a Ulises en el interior de la cueva, sino en los altos cantiles* solitarios donde, desde hacía siete largos años, pasaba el tiempo a la espera de divisar en el mar una vela que nunca llegaba, con el corazón destrozado por la nostalgia de las colinas de su patria.

Calipso abandonó su labor al entrar el dios y, después de darle la bienvenida, le invitó a sentarse en una silla cubierta con un paño resplandeciente, colocando luego en una mesa a su alcance néctar* y ambrosía,* que son la bebida y la comida de los dioses.

—Hermes, el del áureo* bastón —le dijo—,²² ningún huésped podría serme más grato; pero cuéntame qué te trae hasta mí, pues no apareces con frecuencia por mi morada. ¿Cuáles son tus deseos? Di qué quieres de mí, y, si puede hacerse, accederé gustosa. Pero antes come y descansa.

Terminada la comida y repuestas las fuerzas, Hermes se dirigió a la ninfa con estas palabras:

—Vengo aquí por mandato de Zeus, el padre común, para hablarte de Ulises, uno de los héroes que lucharon en la guerra de Troya y cercaron los muros de Príamo durante nueve años, y a quien tú retienes en este lugar. Durante el viaje de regreso a la patria, él y las tripulaciones de sus naves provocaron la ira de Posidón, primero, y la del dios del Sol, después, y ambos, para vengarse, lanzaron contra ellos tempestades y toda suerte de catástrofes. Sus compañeros perecieron, y sólo él vino a parar a tu orilla arrastrado por vendavales contrarios y por el inmenso oleaje. Siete años hace que lo retienes a tu lado. Ahora Zeus todopoderoso te ordena que le devuelvas la libertad y lo dejes partir sin demora, porque no es su destino morir aquí, privado del calor de los suyos.

De dolor e indignación estremecióse Calipso como un álamo.

—¡Sois crueles! —exclamó—. ¡Crueles y celosos, todos vosotros, dioses del Olimpo, que nunca sentís el frío de la lluvia ni los sufrimientos del mundo! Lo encontré desvalido en la orilla y de él me apiadé; y le he dado mi amor y mis cuidados durante todo este tiempo. Lo habría hecho inmortal si hubiera querido aceptarme ese don. Ahora he de dejarlo marchar; sea como dices. Eso es lo que ordenan los dioses y habré de obedecer. Pero, ¿cómo ayudarlo en su viaje, puesto que carezco de nave y de remeros? Le diré, sin embargo, que es libre de partir, y le daré cualquier cosa que le sirva de ayuda.

—Hazlo así, y pronto —dijo Hermes—; lo antes que puedas, no sea que Zeus piense que se le hace esperar y monte en cólera.

Y un instante después el alado mensajero no estaba ya junto al hogar de la ninfa.

Calipso se dirigió tristemente hacia la orilla y encontró a Ulises en su lugar habitual, sentado en una roca con la cabeza entre las manos, contemplando el mar con ojos enrojecidos y nublados por las lágrimas.

—Ya no tendrás que seguir llorando y malgastando tu vida en esta isla —le dijo, tocándolo suavemente en el hombro—. Ha llegado el momento

de que te deje partir para que regreses a tu hogar y recobres a tu añorada esposa. Y puesto que debo aceptarlo porque así me lo ordenan los dioses, tanto si me complace como si no, lo haré con el mayor afecto y con todo mi corazón.

Pero Ulises levantó la abrumada cabeza para preguntarle:

—Aunque me des la libertad, ¿cómo podré abandonar esta isla?

—Construye tú mismo un bajel* con las herramientas y la madera que te daré —dijo Calipso—. También te proporcionaré pan, agua y vino para el viaje y un viento propicio que te lleve hasta las costas de Ítaca —pero de in-

mediato dejó escapar un largo suspiro dolorido—. Aunque si pudieras vislumbrar* las penalidades que ha de enviarte aún el destino antes de llegar a tu patria, seguirías a mi lado, por mucho que desees ver a esa esposa con la que sueñas noche y día.

—No te enojes conmigo por ello —dijo Ulises—. Bien sé cuán inferior a ti en belleza es la discreta Penélope: mi esposa es mujer y mortal, mientras que tú ni envejeces ni mueres. Mas con todo, anhelo regresar a su lado, como muy bien dices. Y en cuanto a las zozobras* y peligros del viaje, si llegase una vez más a naufragar, lo sobrellevaré como ya lo hice en ocasiones anteriores; estoy pronto a enfrentarme de nuevo con el mar y todos sus peligros.

Al día siguiente, Calipso le trajo herramientas de carpintero y le mostró los árboles que le serían más útiles. Ulises taló veinte que estaban cerca de la orilla, y construyó una ancha balsa, utilizando el más alto y recto de los abetos como mástil. La ninfa le proporcionó además excelente lona, con la que fabricó una vela. En cuatro días todo estuvo terminado, y al quinto el héroe paciente colocó unos rodillos bajo el casco, e hizo deslizar la nave hasta ponerla a flote en aguas poco profundas.

Calipso llevó a bordo pellejos de vino, agua y harina, y entregó a Ulises ropa resistente para el viaje. Luego se dieron un beso de despedida y la ninfa regresó sola a su cueva, mientras Ulises se dirigía hacia el mar abierto, hinchadas las velas por el viento propicio que la ninfa le había prometido. Sentado, rigió con destreza el timón: de día se guiaba por el sol, y de noche por las estrellas, manteniendo siempre la Osa Mayor a su izquierda, como Calipso le había indicado. Así navegó durante diecisiete jornadas sin ver tierra ni nave alguna. Al llegar la aurora del siguiente día se mostró ante su vista el vago contorno de unas cumbres que creyó reconocer.

Pero precisamente cuando parecía que ya se acercaba a un mundo que le era familiar y se aproximaba al término de sus cuitas,* Posidón, el dios de cerúlea* cabellera, que regresaba de Etiopía, viéndolo, comprendió que los otros dioses se habían confabulado a sus espaldas para ayudar al hombre que había cegado a su hijo. Encolerizado, desencadenó una espantosa tormenta y, asiendo el tridente,* removió el océano y desató multitud de vientos huracanados que zarandearon la nave de Ulises como cáscara de nuez. Luego una violenta ráfaga del norte quebró el mástil, y vela y penol* desaparecieron en el mar. Instantes después, sin poder sujetar con las manos el remo que le servía de timón, cayó Ulises por la borda.

La violencia de las olas fue hundiéndolo cada vez más, y largo rato quedó sumergido y sin fuerzas para volver a la superficie, abrumado por el embate* del mar y el peso de las ropas que Calipso le había regalado. Pero luchó con denuedo* hasta volver a flote, respirar con ansia y escupir el salobre y amargo licor de las olas. Nadando luego tras lo que quedaba de su balsa,

consiguió volver a bordo, mientras el viento y las olas lo zarandeaban como a una pluma de gaviota.

Violo entonces Ino, la diosa marina nacida de Cadmo, en otro tiempo mortal de habla humana; y como tuvo piedad de Ulises errante y en tales trabajos,* surgió de las aguas parecida a una gran gaviota.

—Quítate esas ropas que sólo han de servir para hundirte —le dijo mientras le arrojaba su velo resplandeciente— y envuélvete la cintura con esto para que no temas ni a los sufrimientos ni a la muerte. Luego abandona la nave y nada hacia la orilla que ya has divisado; cuando alcances la playa arroja a las olas mi velo, con la cabeza vuelta hacia tierra.

Y un instante después había desaparecido, de regreso a las profundidades de donde había surgido.

Posidón, el que sacude la tierra, levantó entonces una tremenda oleada, que desperdigó las maderas de la nave todavía unidas. Ulises, montado a

horcajadas* sobre un leño, procedió a quitarse las ropas recibidas de la ninfa y se ató a la cintura el velo sagrado de Ino. A continuación se arrojó a las aguas y empezó a nadar. Atenea, la de los ojos resplandecientes, acudió entonces en su auxilio, calmando todos los vientos, excepto el viento del norte, el rápido Bóreas, que había de empujarlo hacia la tierra distante.

Durante dos días con sus noches el viento de Atenea llevó a Ulises en la buena dirección. Al tercero la tierra estaba ya muy cerca, y el viento se transformó en calma chicha,* por lo que el héroe paciente comenzó a nadar hacia la escarpada orilla. Pronto, sin embargo, se vio arrastrado por una terrible marea que se estrellaba repetidamente contra las rocas, y su cuerpo se hubiese quebrado como un trozo de madera flotante si no hubiera conseguido agarrarse al dentado saliente del acantilado, hasta que la salvaje resaca* lo apartó nuevamente de la costa. Tres veces se aferró a la aguda roca y otras tantas el violento reflujo* del agua le obligó a soltarse. Renunció entonces a llegar a tierra en aquel punto, y se alejó de la costa, hasta situarse más allá del lugar donde rompían las olas; encontró finalmente un paraje más tranquilo donde un amplio río desembocaba en el mar, y donde sus pies encontraron una pendiente arenosa.

Avanzó tambaleándose por el agua hasta derrumbarse sobre la playa, perdiendo el conocimiento durante un buen rato.

Al despertar se desató de la cintura el velo de Ino y lo arrojó lo más lejos que pudo, volviendo la cabeza como se le había pedido. Luego se dirigió tierra adentro siguiendo la orilla del río. Pero carecía de fuerzas para llegar muy lejos. Cuando alcanzó dos viejos y retorcidos olivos que crecían muy juntos, y cuyos troncos y ramas entrelazadas formaban un refugio contra el viento, se metió entre ellos y, al descubrir que el suelo estaba cubierto de hojas secas, se cubrió con ellas hasta que sintió crecer en su interior una débil tibieza. Atenea, piadosa, le cerró entonces los ojos para que durmiera.

LA HIJA DEL REY

Mientras Ulises dormía bajo el manto de hojas de olivo a la orilla del río, en el palacio del rey de aquel país también dormía la princesa Nausícaa. Y, en su sueño, se le presentó Palas Atenea en la figura de una de sus amigas, la hija del nauta* Dimante.

—¿Cómo puede tu madre tener una hija tan despreocupada? —le dijo, apareciendo junto al lecho con aire medio enfadado, medio sonriente—. Olvidados están tus preciosos vestidos aunque se acerca el tiempo de tu boda. Todos los jóvenes de la nobleza te quieren por esposa; vas a necesitar ropa para tu ajuar* y también tendrás que cuidarte de cómo se vista el cortejo. Vamos, pues, al río, a lavar con la aurora, y que preparen el carro para llevar los ceñidores,* los peplos* y los paños labrados.*

Al despertarse por la mañana, Nausícaa recordó el sueño y corrió a repetir a sus padres el mensaje escuchado. Su padre le proporcionó un carro al que engancharon un par de mulas. Las criadas cargaron en él las bellas vestiduras de brillantes colores, y su madre le entregó en una cesta gustosas viandas* y un odre* con dulce vino, añadiendo además una ampolla de oro con el aceite más puro para que ella y sus siervas pudieran ungirse.* Luego Nausícaa montó en el carro, tomó las riendas y se dirigió hacia el río, aunque sin apresurarse demasiado, porque detrás venían a pie todas sus doncellas.

Siguiendo el río llegaron a un remanso de aguas cristalinas y poca profundidad que era el lugar más adecuado para lavar la ropa. Lavaron después

los vestidos que habían traído, pisándolos en los lugares donde el agua se deslizaba sobre las anchas piedras; cuando, después de limpios, los hubieron escurrido, fueron a extenderlos, para que se secaran al sol y al viento, a lo largo de la orilla.

Mientras la ropa se secaba, las muchachas se bañaron y se ungieron de aceite brillante, para luego, cubiertas de nuevo con sus amplias túnicas, regalarse con los frutos, las golosinas y el vino con miel que la reina les había preparado.

Después de comer hasta quedar satisfechas, empezaron a jugar con una pelota de cuero dorado, pasándosela de unas a otras, al tiempo que cantaban, dirigidas por Nausícaa. Mientras así se distraían, Atenea, la de los ojos resplandecientes, se incorporó al grupo sin ser vista y, cuando Nausícaa lanzó la pelota hacia una de sus doncellas, hizo que errara el tiro y cayera en las arremolinadas aguas del río. Fueron tales los gritos y las risas de todas las muchachas que su clamor sacó a Ulises de su sueño entre los olivos, escasamente a un tiro de lanza siguiendo el curso de la corriente.

Durante un instante el héroe paciente permaneció inmóvil, despierto a medias, pensando, a juzgar por aquellos alaridos, que alguna aldea cercana era atacada por un ejército enemigo o que un amo cruel maltrataba a sus esclavas. Pero al despejársele la cabeza, los sonidos de tribulación* se transformaron en los alegres gritos de unas muchachas que jugaban. Tal vez, si se la pidiese, aquellas jóvenes le prestaran la ayuda que tanto necesitaba. Con gran esfuerzo se alzó hasta ponerse de rodillas; luego se incorporó totalmente; después, rompiendo una rama de olivo silvestre para cubrir su desnudez, salió, de entre la maleza de la orilla, con paso lento y miembros agarrotados.

Pero iba descalzo y le sangraban los pies, su rostro reflejaba todo lo que había sufrido, llevaba los cabellos enredados y, en la barba, un cerco blanco de sal marina. Para las muchachas que jugaban su aspecto resultó tan temible como si se tratara de un león surgiendo entre los matorrales, por lo que una vez más todas prorrumpieron en gritos y se desperdigaron corriendo, menos la princesa Nausícaa, quien, con los ojos muy abiertos y grave expresión, permaneció inmóvil y serena, esperando a que Ulises se acercara.

El héroe paciente, sin atreverse a aproximarse lo bastante como para tocarle las rodillas en un gesto de súplica, le habló, deteniéndose a cierta distancia.

—Te suplico, oh, princesa, que me digas si eres diosa o mortal. Si fueras una de las diosas que habitan el cielo anchuroso, te creería Artemisa, la nacida de Zeus. Si mortal, dichosos entonces tu padre y tu distinguida madre, y dichosos también tus hermanos. ¡Cómo debe de alegrárseles el corazón cada vez que vean a su preferida incorporarse a la danza! Pero el más dichoso de todos será el hombre cuyo amor y cuyos presentes nupciales* te ganen para su hogar. Nunca he visto tal perfección, excepto una vez, en Delos,

cuando, junto al ara* de Apolo, encontré una palmera que se erguía como tú. No apelo sin embargo a tu belleza sino a tu bondad, porque fue ayer mismo, después de errar veinte días entre embates* de olas y raudos* ciclones, cuando algún dios me arrojó a esta orilla, donde me encuentro sin saber dónde estoy ni qué fortuna adversa me aguarda aún. Apiádate de mí, proporcióname un paño con que cubra mi cuerpo y dime dónde podré encontrar la ciudad más próxima. Y que los dioses quieran darte un esposo con el que vivas en concordia, porque no hay nada mejor ni más rico en venturas que marido y mujer cuando unidos gobiernan su hogar.

—No pareces un hombre malo, oh extranjero, y, desde luego, a juzgar por tus palabras, eres persona educada y de buenas maneras —dijo la princesa—. Sin duda ha sido Zeus, el que manda tristezas y alegrías a cada hombre de acuerdo con su voluntad omnímoda,* quien te ha traído hasta nuestras costas. Y, puesto que estás aquí, tendrás un vestido con que cubrirte, y yo misma te llevaré hasta la ciudad, donde serás bienvenido, porque yo soy la hija de Alcínoo, rey de esta isla, que se llama Feacia.[23]

Llamó entonces a sus doncellas, que habían detenido su huida a escasa distancia, y les dijo:

—¿Qué razón hay para correr asustadas? ¿Tanto temor os causa la aparición de este pobre extranjero? Sabéis que no hay enemigo que venga al país de las gentes feacias a hacernos la guerra, puesto que somos los preferidos de los dioses y vivimos al extremo del mundo, protegidos por el mar y sus olas inmensas, sin mezclarnos con otros pueblos. Éste que aquí nos llega no es más que un viajero perdido; acercaos y dadle un vestido y un manto para que cubra su desnudez.

Las muchachas, tímidamente al principio, regresaron junto a Nausícaa. Luego llevaron a Ulises a un recodo en la orilla del río que los alisos* resguardaban del viento y, tomando un manto y una túnica de entre las vestiduras recién secas, se los entregaron, así como el aceite que aún quedaba en el fondo del frasco real, rogándole que se lavara la aspereza del agua marina. Ulises les agradeció aquellos dones, pero les pidió que lo dejaran solo.

—Porque —añadió— no me gustaría tener que prescindir siquiera de esta humilde vestidura de hojas verdes para bañarme delante de damas.

Obedeciéndole, las doncellas se marcharon y fueron a contarle a la princesa lo sucedido. Ulises se lavó en el agua cristalina, quitándose del cuerpo la sal marina y aclarándose los cabellos; luego se frotó con aceite una piel que llevaba mucho tiempo sin conocer su suavidad. También se ungió la cabeza, con lo que se le rizaron los cabellos, asemejándose a los pétalos del jacinto.* Finalmente se vistió con la túnica y el manto que le habían entregado las doncellas y fue a sentarse en la ribera del mar.

Y Nausícaa, desde lejos, viéndolo aseado y vestido, se admiró de su belleza y dijo a sus siervas:

—¿Fue quizá la voluntad de algún dios lo que le ha traído hasta nuestras costas? Cuando lo vi por vez primera me pareció feo. Pero ahora... ¡los inmortales mismos no pueden ser más agraciados! Un hombre como él me gustaría por esposo, si le agradara quedarse entre nosotros... Mas dad de comer y beber a nuestro huésped, que no es éste momento para ensoñaciones.

Las doncellas ofrecieron entonces a Ulises lo que quedaba de los manjares que les había proporcionado la reina. Y mientras el héroe paciente comía y bebía con avidez,* porque llevaba muchos días sin alimentarse, recogieron las ropas que el sol y el viento habían secado ya. Luego las cargaron en el carro y enjaezaron* las mulas.

Cuando todo estaba listo para el regreso, la princesa subió al carro y tomó las riendas. Luego llamó al extranjero y le habló en estos términos:

—Ya es hora de que vayas a casa de mi padre. Escúchame atentamente y, si haces lo que te digo, todo saldrá bien. Mientras crucemos el llano por entre campos arados, camina junto a mis doncellas detrás del carro. Pero cuando nos acerquemos a la amurallada ciudad, que tiene a uno y otro lado un hermoso puerto con astilleros, sepárate de nosotras y dirígete a una alameda consagrada a Atenea; espera después algún tiempo, hasta que nosotras entremos en la ciudad y lleguemos a palacio. Porque a mi padre no le gustaría que se dijera por todas partes que la princesa Nausícaa, menospreciando a sus pretendientes feacios, ha ido a buscar marido en tierras extrañas.

»Cuando consideres que ha pasado un tiempo prudente, entra en la ciudad, y cualquier persona te mostrará el camino de palacio. Las puertas de la casa de mi padre siempre están abiertas, y nadie las guarda; entra con toda libertad y, una vez en el interior, atraviesa la gran sala y acércate adonde está mi madre. La hallarás junto al hogar, hilando lana purpúrea, con todas sus doncellas alrededor. Cerca de ella estará mi padre, bebiendo vino, sentado en su trono como un inmortal. No repares en él, avanza veloz, arrodíllate ante mi madre y extiende suplicante los brazos hacia sus rodillas, para que puedas ver sin tardanza la luz del regreso, por lejos que quede tu patria. Si con ánimo amigo llegase a acogerte la reina, confía en ver pronto a los seres queridos y en pisar de nuevo la tierra de tus mayores.

Ulises le respondió con una cortés inclinación de cabeza.

—Haré todo cuanto me pides.

Nausícaa castigó a las mulas con la fusta* vistosa, el carro se puso en movimiento y Ulises y todas las doncellas lo siguieron caminando.

El sol estaba a punto de ocultarse cuando llegaron a la alameda; allí el extranjero se separó de Nausícaa. Había un santuario en el centro del bosquecillo y, arrodillándose, Ulises suplicó a Palas Atenea que los feacios lo recibieran amistosamente. Luego, cuando juzgó que había transcurrido un tiempo prudente, se puso en pie y se dirigió a la ciudad.

En las puertas mismas, Atenea se le presentó en la figura de una joven que llevaba un cántaro, y Ulises le preguntó el camino para el palacio real.

—Soy forastero —explicó—, vengo de tierras lejanas y sólo he encontrado desgracias en mis viajes.

—Yo te guiaré —le respondió Atenea—. Sígueme, pero no trates de hablar con nadie en la calle. Posidón ha hecho de los feacios un pueblo marinero, pero no sienten aprecio hacia los extranjeros que llegan hasta aquí por sus propios medios desde tierras remotas.

Dicho aquello se volvió, y Ulises siguió los pasos de la diosa. Nadie recordó después haberlo visto pasar, porque Atenea, la de ojos resplandecientes, lo impidió, derramando en torno suyo una niebla propicia.

Llegados ante la puerta del palacio, la diosa le indicó con un gesto que la atravesara y, cuando Ulises se volvió de nuevo a mirarla, había desaparecido.

Dentro ya del recinto, el héroe paciente se detuvo unos momentos. En los jardines del palacio abundaban los árboles frutales: ciruelos, granados y manzanos, con frutos que brillaban entre las hojas; olivos, higueras y viñas cargadas de uvas, todo ello bañado por fuentes cuyo repiquetear cristalino se mezclaba con el canto de los pájaros. Tras admirar el jardín, Ulises vio ante sí un amplio edificio blanco con muchas columnatas y patios, que era sin duda la casa real; llegóse hasta ella y entró. Nadie lo vio pasar. En el gran salón el rey y sus consejeros cenaban, con la reina Arete y sus doncellas sentadas muy cerca. Ulises avanzó hasta arrodillarse ante la soberana y, al hacerlo, la niebla divina que lo envolvía se disipó. Todos los presentes enmudecieron admirados al contemplar a aquel hombre. Y Ulises aprovechó el silencio para presentar su súplica a la reina.

—Noble señora, ante vos me presento, extranjero traído por las tormentas hasta estas costas, para solicitar vuestra ayuda y una nave que me devuelva a mi tierra, pues hace mucho tiempo que ando errante lejos de los míos, padeciendo infortunios.

—¡Pobre viajero! —exclamó la reina amablemente—. Si supiéramos tu nombre y la tierra de donde procedes…

Pero Alcínoo, el rey, intervino:

—Todo extranjero es bien recibido bajo mi techo. Come antes de responder a nuestras preguntas; después te ayudaremos para que vuelvas ligero y feliz a tu tierra natal.

Sentóse entonces a Ulises en espléndido trono, las doncellas le trajeron agua para que se lavara las manos, y la despensera* colocó ante él los mejores bocados, junto con pan excelente, frutas y vino. El héroe paciente, aunque tenía aún cargado de pesadumbre el corazón, disfrutó con aquellos sabrosos alimentos. Terminado el banquete, y una vez que los invitados regresaron a sus hogares, Ulises quedó a solas en el gran salón con Alcínoo y Arete.

La reina fue quien primero rompió el silencio.

—Extranjero: ahora que has comido y descansado un poco, perdóname si te pregunto de nuevo quién eres y de dónde vienes y por qué vistes ese manto que tan bien conozco, puesto que se tejió en este palacio.

Ulises narró cómo se había visto desviado de su camino al volver a su patria desde Troya; cómo la ninfa Calipso lo había retenido siete años prisionero, hasta liberarlo finalmente y permitirle construir una embarcación rudimentaria; cómo Posidón, por un antiguo resentimiento contra él, había hecho naufragar su nave; y cómo, por último, había sido arrojado a las costas de Feacia, cayendo instantáneamente dormido a causa de la fatiga, para despertarse y descubrir que la princesa y sus doncellas jugaban muy cerca. Contó también cómo al solicitar la ayuda de Nausícaa, la hija de Alcínoo le había dado el manto y la túnica recién lavados, y también comida y bebida, junto con aceite para ungirse* el cuerpo después del baño, explicándole finalmente el modo en que había llegado hasta la casa de su padre.

—Tan sólo hallo una falta en el proceder de mi hija —dijo el rey—. Debería haberte traído con ella, en lugar de permitir que encontraras solo el camino. Fue la primera persona a la que te dirigiste en busca de ayuda, y tu bienestar descansaba en sus manos.

—No, no; no la censuréis por eso —dijo al punto* Ulises—. Me ordenó que la siguiera entre sus doncellas, pero temí que os irritarais al verla regresar con un desconocido tras su carro. Los padres de hijas hermosas suelen ser personas celosas.

Alcínoo sonrió, mirando a su huésped de arriba abajo.

—No me parece que yo sea de natural celoso; es más, admiro tu porte* y las cualidades que tú pareces tener, y hasta desearía poder entregarte a mi hija en matrimonio, si estuvieras dispuesto a olvidar ese largo viaje a un hogar remoto y a quedarte en la casa que yo construyera para vosotros dos.

Y es que el rey había comprendido que aquel extranjero, cuyo nombre aún desconocía, era de noble sangre, con el valor y la prudencia necesarias para honrar a una esposa. Luego, al advertir una sombra en las facciones del desconocido y la mirada perdida de sus ojos, añadió:

—Pero si es firme la decisión de regresar a tu tierra, se preparará sin demora esa nave que necesitas, tripulada por los mejores remeros de mi reino.

—De todo eso podemos hablar mañana —dijo Arete, la reina—. Ahora es el momento de retirarse a descansar.

Y dio órdenes a sus doncellas para que le aprestaran* en el pórtico una cama hecha con hermosos tapices y blandas almohadas. Y de ese modo, envuelto en púrpura, durmió Ulises toda la noche.

LOS JUEGOS FEACIOS

Al día siguiente el rey mandó recado a sus súbditos para que preparasen una nave muy marinera* y la tuvieran dispuesta en el muelle principal al pie de la ciudad.

Al mediodía los consejeros y capitanes del reino almorzaron con Alcínoo en el gran salón del palacio. Y allí, mientras comían, Demódoco, el bardo* real, un hombre a quien los dioses habían privado de la vista de manera semejante a como los seres humanos ciegan a un pájaro canoro* para que sean más dulces sus trinos, celebró con palabras aladas a los héroes de Troya;[24] y al escucharlo, Ulises se cubrió la cabeza con un pliegue del manto, como se hace cuando el tiempo es inclemente* o cuando se desea ocultar el rostro a los circunstantes.* Pero Alcínoo, que se hallaba a su lado, advirtió que estaba llorando, y, terminada la canción, dijo, poniéndose en pie, que ya bastaba de comer regaladamente y de oír música: había llegado el momento de entretenerse al aire libre con las carreras, la lucha y otros deportes similares.

Abandonando las mesas, se congregaron todos en el ágora* junto al palacio. Los jóvenes que no habían participado en el banquete, entre ellos los tres hijos del rey, se apresuraron a reunirse con los de más edad para practicar la carrera, la lucha y el lanzamiento de disco. Después de algún tiempo se les ocurrió que quizá su huésped, hombre con musculatura de luchador, quisiera participar en sus juegos, aunque estuviese muy abatido por la adversidad; y Laodamante, uno de los hijos del rey, se dirigió a él para invitarlo.

Pero Ulises dijo que su corazón estaba demasiado afligido para entregarse a competiciones atléticas. Algunos de los jóvenes se ofendieron ante aquella respuesta, y uno de ellos, Euríalo de nombre, rió burlonamente.

—Habrás de disculparnos, extranjero. Está claro que tu profesión es el comercio, y que sin duda gobiernas una de esas naves de anchas bodegas que transportan mercancías. No, no tienes aspecto de atleta. Ha sido un error pensar que te interesarían los juegos atléticos.

Al escuchar aquello, Ulises irguió la cabeza y frunció el entrecejo.

—Los practiqué en épocas más felices, antes de que me rindiera el cansancio de guerras y viajes desventurados —replicó—. Y aún es posible, a pesar de todo, que sobreviva en mí algún resto de aquella antigua afición. Tal vez debería ponerla a prueba para desmentir tus ofensivas palabras.

Y levantándose impetuosamente, sin apartar siquiera el manto que le cubría, tomó del lugar donde descansaban uno de los discos de bronce más grandes y pesados y, girando sobre sí mismo, lo lanzó con enorme fuerza. La multitud contempló el arco resplandeciente trazado en el cielo y luego corrió para marcar el lugar de la caída, a una distancia muy superior a la de los otros lanzamientos realizados durante la jornada.

Ulises, entonces, corriéndole veloz por las venas la sangre encendida, desafió a cualquiera de los presentes a que boxearan o lucharan con él o a que demostrasen su maestría en el tiro con arco. Pero Alcínoo, poco deseoso quizá de ver cómo sus jóvenes atletas salían derrotados en todos los deportes, rechazó cortésmente aquel ofrecimiento.

—Permite que te mostremos un talento en el que nadie nos supera —dijo, y llamó una vez más al bardo ciego y le pidió música para danzar.

Se formó un amplio círculo en el ágora* y el cantor se situó en el centro, mientras los mejores bailarines se congregaban a su alrededor. Enseguida los pies de los feacios empezaron a moverse rítmicamente, a los compases de un canto sobre los amores de Ares y Afrodita que el músico ciego hizo tan ligero y amable como una brisa estival.[25] Luego dos de los danzarines tomaron la hermosa pelota que había fabricado Pólibo, hábil artesano; uno de ellos, echándose hacia atrás, la lanzaba con fuerza hasta alcanzar las nubes sombrías, y el otro, dando un ágil salto, recogíala al caer antes de poner los pies en el suelo. Después de demostrar su pericia* con aquellos lanzamientos, empezaron los dos a bailar con mudanzas* sin fin, mientras los otros muchachos golpeaban el suelo con el pie para marcar el ritmo.

—Nunca vi bailarines como éstos —exclamó Ulises—. Nadie, sin duda, puede igualaros en destreza.

Terminada la danza, Alcínoo habló con sus capitanes, diciéndoles que cada uno, antes de que su huésped subiera a bordo de la nave que le esperaba, le hiciese un regalo de oro y ricos vestidos; y que también Euríalo debería ofrecerle algún presente, a manera de reparación por su descortesía durante los juegos. A todo accedieron gustosamente los feacios.

El rey en persona ofreció a Ulises una maciza copa de oro labrado, así como un rico manto y una túnica tejidos por la reina, prendas que Arete guardó para él en un hermoso cofre de madera aromática; luego los capitanes trajeron por turno los regalos que habían de trasladarse a la nave. Último entre todos, puso Euríalo en manos del héroe paciente una espada de bronce[26] con empuñadura de plata y vaina de marfil oscurecido por el tiempo, acompañándola con estas respetuosas frases:

—Extranjero, recibe mi saludo. Si mis palabras fueron descorteses, que los vientos de tormenta se las lleven lejos y que los dioses te transporten con celeridad* y sin contratiempos hasta tu patria, pues tan largos pesares sufriste alejado de los tuyos.

—También a ti te deseo yo salud y larga dicha —respondió Ulises—, al tiempo que acepto el regalo que me ofreces como expiación.* Que los dioses te bendigan y que jamás lamentes la falta de la excelente espada que acabas de entregarme —dijo, y se colgó del hombro la hermosa espada.

Luego, al acercarse el momento de la cena, las doncellas de palacio lo llevaron al baño, y, después de lavarse en el agua aromatizada con hierbas que habían calentado para él, Ulises se vistió con ropa limpia. Cuando regresaba al gran salón se encontró con la princesa Nausícaa. Era la primera vez, y sería también la última, que se hablaban desde su encuentro en el río, porque en el país de los feacios no era costumbre que las doncellas se sentaran a la mesa con los varones.

—Que los dioses te guarden, extranjero —dijo la princesa, con un dejo de tristeza—. Y que vientos propicios* te lleven por el buen camino. Pero procura acordarte de mí porque me debes la vida.

—Os recordaré hasta el fin de mis días —le respondió Ulises—, porque es verdad que fuisteis vos, gentil señora, quien me salvó la vida.

Luego entró en el gran salón y ocupó su sitio en la mesa, junto a Alcínoo, el rey magnánimo.*

De nuevo el bardo* tomó la lira y tocó mientras comían. Cantó en esta ocasión el episodio del caballo de madera, y relató cómo Ulises, el fecundo en ardides,* había promovido su construcción y había conseguido que los propios sitiados lo introdujeran en Troya; celebró al escogido grupo de guerreros que, escondido en su interior y amparándose en la oscuridad de la noche, logró abrir las puertas de la ciudad para que penetraran en ella sus compañeros de armas.

Una vez más el rey advirtió el dolor de su huésped, e hizo detenerse al cantor con un regalo de carne de jabalí todavía caliente, cortada de su porción, como señal de aprecio.

—Advierto —le dijo al extranjero sentado junto a él— que todas las canciones sobre el sitio de Troya te hacen sufrir. ¿Has perdido tal vez algún pariente o amigo fraternal ante las lanzas troyanas?

—Muchos —dijo el extranjero—. Porque soy Ulises, hijo de Laertes y señor de Ítaca. Y de la tripulación de las doce galeras* que fueron conmigo al sitio de Troya, soy el único superviviente.

Un grito de asombro recorrió el gran salón, del que se adueñó enseguida un pro-

fundo silencio, mientras los allí presentes contemplaban al huésped de Alcínoo, porque todos ellos habían oído historias y canciones sobre él, como las
habían oído sobre héroes antiguos y sobre los mismos dioses.

Fue el rey quien primero rompió el silencio.

—En ese caso te ruego, oh Ulises, hijo de Laertes, que nos relates los
viajes que te han traído hasta aquí, porque desde hace mucho tiempo se
cuenta que el señor de Ítaca desapareció mientras regresaba a su hogar tras
el saqueo de Troya, puesto que nada se había vuelto a saber de él desde que
sus naves se separaron de la gran flota griega.

Sin abandonar el gran salón, y hasta muy entrada la noche, Ulises hizo el
relato de sus aventuras. Habló de los cíclopes, de Circe y de su viaje al reino
de los muertos, de Escila y Caribdis, del ganado del Sol y de la pérdida de
las naves que aún le restaban; y de cómo llegó finalmente a la isla de Calipso, donde su historia enlazaba con lo que anteriormente les había contado.

Cerca ya del amanecer, terminados festín y relato, todo el cargamento de
oro y ricas vestiduras fue trasladado, a la luz de las antorchas, a la nao* que
aguardaba, almacenándose bajo los bancos de los remeros.

Ulises se despidió del rey y de la reina, que también había descendido
hasta el puerto para verlo partir. El héroe paciente puso en las manos de
Arete una copa de doble asa para que hiciese la libación* a los bienaventura-
dos dioses, y le dijo estas aladas palabras:

—Mi reina y señora, sed por siempre feliz hasta que lleguen la vejez y la
muerte, comunes para todos los seres humanos. Seguid gozando de vuestra
casa, de vuestros hijos, del pueblo feacio y de Alcínoo, vuestro señor.

Luego subió a bordo y se acostó, envuelto en lienzos de lino, sobre gruesa alfombra, mientras la tripulación, después de soltar amarras, doblando los
cuerpos, empezó a herir con los remos las aguas marinas, poniendo proa hacia la remota Ítaca.

EL REGRESO A ÍTACA

Cuando Ulises despertó del largo y profundo sueño provocado por Atenea, se encontró solo, tumbado bajo un olivo, envuelto aún en los mismos lienzos de lino que le cubrían a bordo de la galera y, a su alrededor, todos los ricos presentes regalo de los feacios. Una espesa niebla matutina, extendida por la diosa de los ojos resplandecientes, ocultaba los accidentes del terreno, para que el hijo de Laertes no supiera que había llegado a Ítaca y emprendiese el camino hacia su hogar antes de que ella pudiera explicarle lo que sucedía en el reino. Ulises, en consecuencia, pensó que los feacios, incumpliendo sus promesas, le habían desembarcado en algún lugar desconocido. Después de comprobar que aún conservaba los regalos, y de colgarse al hombro la espada con empuñadura de plata, meditó, paseando por la orilla del mar, sobre lo que debía hacer. Y en aquel lugar en apariencia desierto se le presentó Palas Atenea en figura de joven pastor, vestido con un hermoso manto, como de reyes o nobles, y empuñando una lanza.

—Que la mañana te sea propicia —le saludó Ulises, sin reconocer a su benefactora—. ¿Podrías decirme qué tierra es ésta? ¿Son hospitalarios sus habitantes?

—O eres un simple o vienes de tierras lejanas —respondió Atenea—. La isla que pisan tus pies, extranjero, es Ítaca, cuyo nombre se conoce en lugares tan alejados de estas playas como la misma Troya.

Una gran alegría se apoderó de Ulises al saber que se hallaba de nuevo en su tierra. Pero llevaba demasiado tiempo ausente, e ignoraba cómo serían las personas que todavía eran niños cuando él partió hacia Troya, ni qué recibimiento le reservarían. Quizás un nuevo rey ocupaba el trono; un nuevo rey que podía incluso no ser su hijo.

Decidió, por tanto, no decirle al joven quién era, sino fingirse cretense. Y después, para explicar su presencia en Ítaca, rodeado de tantos tesoros, pero ignorante de dónde se encontraba, se inventó otra larga y detallada aventura, explicando cómo en Creta uno de los hijos del rey Idomeneo había tratado de robarle el rico botín ganado en Troya. En la pelea subsiguiente había matado al príncipe y, temiendo por su vida, después de reunir sus posesiones, escapó a bordo de una nave fenicia dedicada al comercio, cuyos tripulantes prometieron llevarlo hasta Pilos. Pero el viento los había apartado de su ruta, obligándoles a tomar tierra y a pernoctar allí; sus compañeros debían de haber seguido su camino por la mañana, dejándolo dormido.

Al llegar a aquel punto, el joven se echó a reír. Y en el mismo instante desapareció, siendo sustituido por Atenea, tan majestuosa como bella.

—¡Ah, el ingenio de Ulises! —dijo, burlona—. ¡A mí, sin embargo, que tantas veces te ayudé antes de Troya y que he seguido haciéndolo en el país de Alcínoo, no me has reconocido! —y Ulises la miró de hito en hito.*

—No me ayudasteis cuando tanto lo necesitaba en mis difíciles momentos de horribles peligros en el mar. ¿Cómo puedo estar seguro de que ahora sois mi amiga? ¿Cómo tener siquiera la seguridad de que me encuentro en mi propia isla?

—¿Acaso podía yo oponerme a Posidón, hermano de mi padre y señor del mar, cuya cólera ardía contra ti al rojo vivo por la ceguera de su hijo? Pero todo eso pertenece al pasado. Ahora ya estás en tu país y soy libre de ayudarte como quiera. Mira a tu alrededor y verás que, en efecto, estás en Ítaca.

Mientras hablaba, la nube gris que los rodeaba se levantó de igual modo que el sol disipa la niebla matutina, y Ulises contempló el relieve de la tierra que tan bien conocía y tanto amaba: la curva de la bahía entre sus dos promontorios,* las boscosas laderas de las montañas que iniciaban su ascensión

casi desde la orilla y, a la distancia de un tiro de arco, la cueva de las náyades,[27] con su entrada protegida por olivos de hojas plateadas. Y, sintiendo que el corazón estaba a punto de salírsele del pecho, el héroe paciente se puso de rodillas y besó el arenoso suelo de su hogar. Pero pronto la alegría se transformó en cólera al relatarle Atenea el lamentable estado del país al que regresaba, así como los sufrimientos de Penélope, quien, en aquel momento, no disponía siquiera de la ayuda de su hijo para mantener a raya al enjambre de los pretendientes, porque Telémaco había partido con ánimo de recabar* de Menelao y de Helena, la de las hermosas mejillas, noticias sobre su padre.

—Dulce señora, decidme lo que debo hacer, ¡porque me falla el ingenio! —exclamó Ulises, arrodillándose, con el rostro entre las manos.

—Escondamos primero tu tesoro, antes de que alguien lo vea y se pregunte cuál pueda ser el significado de tanta riqueza —dijo Atenea.

De manera que trasladaron las copas de oro y las hermosas vestiduras a la cueva, cuya entrada tapó la diosa con una roca. Luego Atenea disfrazó a Ulises mediante un hechizo: sus magníficas vestiduras se transformaron en harapos y, encima de todo, una piel de ciervo medio pelada hizo las veces de capa; también le llenó de arrugas el rostro y borró por completo el brillo de sus ojos, con lo que el héroe paciente se asemejó de nuevo al mendigo que, años atrás, había penetrado furtivamente* en Troya para robar la estatua de la diosa.

—Ahora —le ordenó Atenea—, atraviesa la isla hasta llegar a la granja de Eumeo, tu porquero.* Ya es anciano, pero sigue siéndote leal. Espera allí entre los cerdos, mientras yo voy en busca de Telémaco para traerlo a casa.

Y un instante después ya había desaparecido, sin dejar tras ella más que la vibración del aire. Y Ulises volvió la vista hacia los abruptos senderos de montaña que llevaban hacia el interior de la isla.

Cuando Ulises llegó a la granja, Eumeo, sentado junto al umbral de su choza, cortaba cuero de buey para hacerse unas sandalias. Sus cuatro perros, con traza de fieras, corrieron ladrando al encuentro del extranjero y lo habrían atacado si su amo, levantándose, no los hubiese ahuyentado con una lluvia de piedras. El porquero recibió amablemente al falso mendigo, llevándolo hasta su choza en la granja y ofreciéndole comida y vino dulce como la miel. Y después, contento de tener a alguien con quien hablar, le contó la prolongada ausencia del rey, su señor, y lamentó la altivez y la avaricia de los jóvenes rufianes* que habían hecho del palacio su casa y que querían obligar a la reina a contraer segundas nupcias.* El porquero había querido entrañablemente a su amo, y la historia de sus desgracias se había convertido en profundo motivo de queja personal, queja que, como sucede con los ancianos, Eumeo repetía una y otra vez a cualquiera dispuesto a escucharla.

Ulises le oyó con un comprensible interés, y cuando el porquero terminó su historia, le aseguró que su señor estaba vivo y que pronto volvería a su hogar, porque él mismo había tenido noticias suyas durante sus infortunados viajes.

Eumeo no dio crédito a la inventada historia que Ulises le relató, porque pensó que el recién llegado le contaba lo que creía que él deseaba oír. Pero le escuchó cortésmente y más tarde, cuando de los campos regresaron los zagales conduciendo a los gorrinos, y llegó la hora de la cena, le obsequió con excelente cerdo asado, dejándole comer hasta saciarse. Después, mientras esperaban la hora de conciliar el sueño, Ulises los entretuvo a todos con más historias inventadas sobre la guerra de Troya.

Atenea, mientras tanto, se hallaba en el palacio de Menelao, junto a un Telémaco insomne,* angustiado por las tribulaciones* de su madre e inquieto por la situación en Ítaca. La diosa procedió a explicarle que Penélope había terminado por ceder, prometiendo casarse con uno de los pretendientes, por lo que debía regresar de inmediato si quería evitarlo.

—Has de tomar una ruta distinta de la que aquí te trajo —le explicó—, porque Antínoo, con una veloz galera, está apostado* en el estrecho entre Ítaca y las abruptas costas de Samos, para quitarte la vida e impedir que vuelvas a tu hogar. Cuando desembarques, manda a tus remeros a la ciudad. Pero tú, sin que nadie te acompañe, has de cruzar a pie la isla hasta la granja de Eumeo, vuestro porquero, que todavía os es leal a ti y a tu padre.

Telémaco y su amigo Pisístrato se despidieron por la mañana de Menelao y Helena, quienes les ofrecieron, como regalo de despedida, una copa de oro y una crátera* de plata. Helena añadió a los demás presentes una túnica de seda, la más hermosa de todas las que ella misma había bordado, y, entregándosela a Telémaco, le dijo:

—Yo también, hijo mío, te ofrezco este don, recuerdo de las manos de Helena, para que lo lleve tu esposa en la fecha feliz de tus bodas. Mientras tanto, que lo conserve tu madre. Te deseo que regreses con dicha a tu casa y al país de tus padres.

Cuando ya estaban a punto de marcharse, con el carro preparado a las puertas del palacio y los caballos impacientes y nerviosos bajo el yugo, un águila descendió desde las cumbres montañosas para llevarse entre las garras una de las ocas blancas que se alimentaban en un corral. Alcanzada la presa, remontó de nuevo el vuelo, seguida por los gritos de hombres y mujeres.

—Un presagio, sin duda —dijo Pisístrato, viendo cómo el águila se empequeñecía en la distancia—. Pero, ¿para vos, Menelao, mi rey y señor, o para nosotros dos?

—Si me permitís unos instantes de recogimiento, profetizaré lo que los omnipotentes* me dicten —respondió Helena—. De la misma manera que la rapaz ha descendido de las cumbres montañosas donde está su progenie* y su cuna para acabar con una oca criada en casa, también Ulises regresará, tras muchos años de padecimientos, para vengarse de quienes engordan en torno al fuego de su hogar.

Al día siguiente los viajeros llegaron a Pilos. Pisístrato se dirigió inmediatamente al puerto, a petición de Telémaco, y subieron al barco los espléndidos vestidos, el oro y los demás regalos del gran Menelao, porque el hijo de Ulises no quería regresar al palacio de Néstor, temeroso de que el buen anciano insistiera en retenerlo cuando más urgente era su regreso a Ítaca. Enseguida llamó a los remeros, subió a bordo y al instante zarparon.

Cerca ya de su destino, plegaron el velamen, bajaron el mástil* y llevaron remando el bajel hasta un buen fondeadero. Telémaco mandó entonces a su tripulación hacia la ciudad por la costa, tal como la diosa Atenea le había ordenado, y él ascendió por las colinas hacia la granja del porquero.

Ulises y Eumeo acababan de reavivar el fuego para preparar el desayuno, después de que los zagales salieran con los marranos para llevarlos a pacer

en el prado, cuando un joven atravesó las puertas de la granja sin que los perros ladraran como siempre: antes bien, después de llegarse a él, lo rodearon moviendo alegremente la cola. El porquero se puso en pie, lanzando un grito de alegría, y corrió a saludar al recién llegado, volcando, en su precipitación, el cuenco* en el que estaba mezclando vino y agua. Al seguirlo Ulises con la mirada, vio, como antes lo había visto Helena, cuánto se les parecía aquel joven a él y a su padre Laertes. Y supo, conteniendo el aliento, que aquél era el hijo que, aún recién nacido, había visto por última vez en brazos de su madre cuando las naves negras se disponían a partir camino de Troya.

El porquero abrazó a Telémaco como a un hijo largamente perdido, mientras el joven, palmeando la espalda del anciano, le preguntó si aún estaba a tiempo de impedir el matrimonio de su madre. Luego, mientras Eumeo arrastraba hacia la choza a su joven amo, continuaron los dos hablando a la vez. Ulises, recordando su apariencia de mendigo, trató de ponerse en pie al entrar el joven, pero el príncipe no se lo permitió, diciendo:

—Hay aquí espacio más que suficiente para dos invitados.

Para acoger al recién llegado, tendió entonces el porquero sobre el suelo unas ramas que cubrió con vellón.* Y los tres juntos se desayunaron con car-

ne asada, sobrante de la víspera, pan de trigo y vino, que bebieron en un cuenco de madera. Y mientras comían, el príncipe y el porquero hablaron de lo que debía hacerse con el viejo mendigo, quien, ensimismado, parecía interesarse únicamente por los alimentos que tenía delante.

A la postre decidieron que Telémaco no podía llevar a un invitado tan harapiento* a casa de su madre, no fuese a insultarlo y maltratarlo la chusma* de jóvenes allí reunidos, por lo que Eumeo debía retenerlo en la granja, aunque el príncipe enviaría ropa y alimentos desde palacio para que el mendigo no fuese una carga.

Luego Telémaco pidió al porquero que se pusiera en camino y buscara la manera de decirle a la reina que su hijo había regresado sano y salvo.

Apenas acababa Eumeo de ponerse en camino cuando los perros se levantaron gimiendo y, con el rabo entre las piernas, se ocultaron en el rincón más distante de la puerta, porque Atenea, la de los ojos resplandecientes, había aparecido en el umbral. Telémaco no la vio, tan sólo Ulises y los perros, quienes, advirtiendo una presencia sobrenatural, tuvieron miedo.

Ulises salió de la choza para hablar con la diosa, y Atenea le ordenó que se diera a conocer a su hijo ahora que se hallaba a solas con él, y procedió a tocarlo con su vara de oro. Al instante volvieron a cubrirle los miembros la túnica y el manto bien lavados, ganó su cuerpo en juventud y estatura, se le avivó el color moreno de la piel, rellenósele el rostro y el mentón se le cubrió con una hermosa barba de reflejos azules.

Al entrar de nuevo en la choza, Telémaco, todavía sentado junto al fuego, advirtió el cambio y se incorporó precipitadamente.

—Extranjero —dijo, embargado por el asombro—, ¡cuán distinto te muestras del anciano que salió hace tan sólo unos momentos! ¡Eres sin duda uno de los dioses inmortales!

—No soy un dios —le replicó Ulises, el héroe paciente—, sino tu padre, por quien gimes y sufres tanto, y que por fin ha regresado al hogar, aunque disfrazado de mendigo o convertido en un apuesto joven por la diosa Atenea, para evitar que me reconozcan mis enemigos.

Telémaco movió incrédulo la cabeza.

—No es posible que tú seas mi padre. Te ruego que si no eres Ulises, no aumentes la amargura de nuestro dolor con semejante fingimiento.

—Cree lo que te digo —respondió su padre—, porque es cierto que ningún otro Ulises habrá de llegar a estas tierras, pues no hay otro más que yo, ni nunca lo ha habido.

Abrazó entonces Telémaco a su padre, con los ojos arrasados por las lágrimas. Ambos dieron rienda suelta al llanto, como si fueran aves a quienes los labriegos hubieran robado las crías, incapaces aún de alzar el vuelo.

Pasado algún tiempo, y de nuevo sentados, Ulises narró a su hijo sucintamente* sus viajes, revelándole la existencia de los regalos escondidos en la cueva de las náyades; contada su historia, pidió detalles sobre los pretendientes: cuántos eran, de qué armas disponían, y otras cuestiones semejantes.

Ciento ocho, le dijo Telémaco; y con ellos uno de sus propios criados que les había sido infiel, y el bardo* real, de quien se habían apoderado y a quien obligaban a cantar en sus fiestas. Todos eran jóvenes fuertes que habían acudido a cortejar a la reina con sus espadas, pero sin escudo ni armadura.

—¡En verdad que es grande la desigualdad! —exclamó Ulises—. Pero estoy convencido de que conseguiremos vencerlos, porque contamos con la amistad de Atenea, más valiosa que muchos guerreros.

Enseguida procedieron a preparar un plan de acción: Telémaco regresaría a palacio a la mañana siguiente y, por descortés que fuese el comportamiento de los pretendientes, no se dejaría arrastrar a una confrontación abierta. Avanzada ya la jornada, se presentaría Ulises con su disfraz de mendigo, solicitando hospitalidad. Cuando llegara el momento oportuno, el héroe paciente haría una señal a Telémaco para que recogiese las armas que colgaban de las paredes del gran salón y las escondiera en lugar seguro.

—¿Y qué diré, si esa chusma de galanes advierte su ausencia? —preguntó el hijo de Ulises.

—Diles primero que las pusiste a resguardo para que no las estropeara el humo del fuego. Y si preguntan de nuevo, dirás que no deben estar a la vista, no sea que los invitados de tu madre se vuelvan pendencieros a causa del vino —y los dos rieron juntos.

—¿Qué más? —preguntó Telémaco.

—Recuerda tan sólo —dijo Ulises— que nadie, ni hombre ni mujer, ha de saber que el anciano mendigo que se sienta en el rincón no es lo que parece.

EL MENDIGO EN EL RINCÓN

A la mañana siguiente Telémaco regresó al palacio, y allí encontró a la mayoría de los pretendientes ejercitándose con la lanza y el disco, mientras los demás presidían el sacrificio de varias reses para el yantar* del mediodía. Al ver al hijo de Ulises, la turba* de los galanes lo recibió con fingida cordialidad, porque comprobó que había dejado de ser muchacho para convertirse en hombre y, sin duda alguna, en un peligro para todos ellos. Telémaco, que no olvidaba la trampa que le habían preparado, sabía que se proponían asesinarlo, pero tampoco dejó traslucir sus sentimientos.

La reina Penélope, a quien Eumeo había prevenido de su llegada, lo recibió mitad enojada, mitad llorando de alegría al verlo sano y salvo. Telémaco la consoló hablándole de su viaje y de las nuevas recogidas acerca de Ulises, así como de la renovada esperanza en la proximidad de su regreso. Anhelaba contarle toda la verdad, explicarle que había estado con su padre aquella misma mañana y que lo había dejado en la granja del porquero, pero recordó las instrucciones de su padre y guardó silencio.

Eumeo, mientras tanto, cumplida su misión en el palacio, había regresado a la granja. Atenea, sin embargo, disfrazó de nuevo a Ulises de mendigo, por lo que el porquero siguió sin reconocer a su antiguo amo, quien le manifestó su deseo de bajar a la ciudad y visitar el palacio real, explicándole que colinas deshabitadas y pastizales le eran de muy poca utilidad, ya que para pedir caridad necesitaba lugares concurridos.

Eumeo, dejando a perros y zagales al cuidado de la granja, proporcionó a su huésped un cayado* en el que apoyarse y juntos iniciaron la marcha por la senda que descendía hacia la llanura.

Cerca ya de la ciudad encontraron al cabrero real, Melantio, que había tomado partido por los pretendientes con la esperanza de que cuando cualquiera de ellos llegase a rey se mostrara generoso con quienes lo habían apoyado. Melantio, al tropezarse con Eumeo, que había permanecido fiel a su señor, empezó a insultarlo, llamándolo granuja e inútil, y trató de apartar a Ulises del sendero con un puntapié; el héroe paciente estuvo tentado de acabar allí mismo con él, pero se contuvo para no descubrirse. Haciéndose a un lado, Ulises siguió su camino, permitiendo que el cabrero continuara insultándolos mientras se alejaban. Sin sufrir ya ningún otro encuentro desagradable llegaron poco después al patio exterior del palacio.

Había junto a la puerta un montón de estiércol, abono preparado ya para transportarlo a los campos, y, encima del tibio montículo, dormitaba un perro viejo —gran sabueso* en otro tiempo, pero ahora flaco y lleno de garrapatas, lejanos sus días de cazador—, que alzó la cabeza cuando los dos caminantes hicieron una pausa cerca de donde se encontraba. Ulises y el can se miraron, y el viejo sabueso, que reconoció a su amo bajo el disfraz de mendigo, agachó las orejas y meneó el rabo, aunque no tenía ya fuerzas para levantarse y acudir a su encuentro. Ulises comprendió que se trataba de su perro Argos, poco más que un cachorro cuando partió hacia Troya a bordo de las naves negras, y tuvo que enjugarse con discreción una lágrima.

—Es bien triste —dijo, para ocultar su dolor a Eumeo— ver a un animal como ése tumbado sobre un montón de estiércol. Se diría que fue un buen perro de caza en otros tiempos.

—Lo fue —respondió Eumeo—, y en su época los jóvenes salían con él a cazar ciervos y jabalíes, incluso liebres. Pero su amo pereció en tierra extraña, y los criados, descuidados, no se ocupan de él, sobre todo en estos tiempos terribles, con el palacio en tanto desorden.

Dicho aquello penetró en la casa y se fue derecho al gran salón donde estaban reunidos los pretendientes, pero Ulises se quedó unos instantes junto a su perro, el único que lo había reconocido. Hubiera querido acuclillarse y acariciar la vieja cabeza cansada, pero había demasiados espectadores y no hubiera sido prudente. Y en aquel instante el escuálido cuerpo se estremeció; Argos, después de haber visto al amo al que esperaba desde hacía diecinueve años, acababa de exhalar el último suspiro.

Ulises siguió entonces los pasos de Eumeo. No entró en el gran salón, el salón de su propia casa, donde cenaban los pretendientes y tocaba el bardo,* sino que se sentó en un rincón junto a la puerta, la espalda contra una de las columnas de madera de cedro. Allí lo vio Telémaco, desde su privilegiada posición junto al hogar central, y encargó a Eumeo que le llevara una hogaza* y una tajada de cerdo. Ulises consumió los alimentos que se le ofrecían y luego, deseoso de poner a prueba a los pretendientes para ver si había entre ellos algún corazón bondadoso, se dispuso a recorrer el salón, pidiendo limosna a los comensales. Algunos de los jóvenes galanes le arrojaron mendrugos y restos de carne, pero Antínoo —que acababa de regresar de su inútil espera bajo los acantilados de Samos— le arrojó el escabel* en que apoyaba los pies, alcanzándole en la espalda, junto al hombro derecho.

—Si existen deidades o furias que venguen al menesteroso —exclamó Ulises—, ¡que la muerte sorprenda a Antínoo antes de su boda!

En los labios de los demás pretendientes se mezclaron los murmullos de protesta con las risas que mostraban su desprecio por las amenazas de un mendigo, aunque no se les ocultaban los peligros de maltratar así a un desconocido bajo cuya apariencia bien podía esconderse un dios.

Las esclavas que se hallaban en el salón cuando se produjo el incidente no tardaron en llevar noticia de lo sucedido a los aposentos de Penélope, a quien llenó de indignación que tales cosas pudieran acontecer bajo su techo. Desde hacía tiempo, por otra parte, había sido costumbre suya conversar con cualquier extranjero o viajero que llegara a palacio, con la esperanza de que pudiera darle nuevas de su esposo ausente. La reina, en consecuencia, mandó llamar a Eumeo y le pidió que trajera al mendigo a sus habitaciones. Pero cuando Ulises supo cuál era el deseo de la reina, le mandó recado con el porquero, explicando que ya se le había agredido una vez en el salón y que no volvería a entrar en la casa hasta que la chusma* de los pretendientes hubiera regresado a sus hogares para pasar la noche.

Ulises decidió esperar en el umbral, pero no le duró la tranquilidad, porque llegó a palacio otro pordiosero que, durante mucho tiempo, había sido, por así decirlo, el mendigo reinante. Iro, que así lo llamaban, aunque grande de cuerpo, carecía de robustez y vigor, pero al encontrarse en el umbral con el recién llegado adoptó un tono autoritario.

—¡Márchate de aquí si no quieres que te saque a patadas!

—Hay sitio suficiente para los dos —le respondió Ulises mansamente.

Pero el otro, encendido el rostro por la cólera, le exigió a gritos que se pusiera en pie y luchara si quería seguir ocupando aquel sitio. Los pretendientes, que habían terminado de comer y pasaban el tiempo en el patio entre danzas y otras distracciones, consideraron que, para variar, una pelea entre dos mendigos podía ser un espectáculo divertido, por lo que empezaron a aplaudir y a golpear rítmicamente el suelo con el pie pidiendo que empezara el combate y prometiendo al vencedor que podría hartarse con las morcillas que habían sobrado de la cena, además de ser coronado rey de los mendigos, título con el que adquiriría el derecho exclusivo a pedir limosna.

Ulises, viendo que la confrontación resultaba inevitable, se desnudó de cintura para arriba. Iro, al descubrir el vigor de sus brazos, hubiera preferido renunciar a la pelea, pero los pretendientes ya habían formado un círculo y, gritando y riendo, lo forzaron a seguir adelante. El combate no duró mucho. Cuando Iro intentó torpemente alcanzar a Ulises en el hombro derecho, éste le golpeó con precisión en el cuello y lo derribó, cayendo con la nariz y la boca ensangrentadas; a continuación el héroe paciente arrastró al mendigo hasta dejarlo apoyado contra la pared, donde siguió sangrando, mientras los espectadores reían y aclamaban al nuevo rey de los mendigos.

Pero cuando Ulises, cansado de sus chanzas,* les dijo que harían bien volviendo definitivamente a sus hogares, no fuese a regresar el señor del palacio y los encontrara convirtiendo su salón en una cochiquera,* montaron en cólera y uno de ellos, Eurímaco de nombre, le lanzó un taburete. El héroe paciente lo esquivó, acuclillándose, pero el proyectil alcanzó en cambio a uno de los escanciadores,* por lo que se derramó el contenido de una gran crátera,* produciéndose un nuevo alboroto.

Finalmente los jóvenes pretendientes, vencidos por el sueño después de tanto comer y beber, abandonaron el palacio para volver a sus alojamientos en la ciudad. Ulises y su hijo recogieron las armas de bronce que colgaban de las paredes y las trasladaron a uno de los sótanos. Y después de ponerlas a buen recaudo, Telémaco se retiró a dormir en su aposento, al que se entraba desde el patio. Ulises, por su parte, continuó sentado en el salón en penumbra, esperando la llegada de Penélope.

Aparecieron primero sus doncellas, charlando y riendo entre sí, para recoger los restos de la fiesta. Las jóvenes se sorprendieron al encontrar allí al viejo mendigo, y una de ellas, Melanto, trató de ahuyentarlo como si fuera un animal doméstico salido del corral, y le amenazó con unos cuantos antorchazos. Pero Penélope, que la seguía muy de cerca, la oyó y la reprendió, ordenando a continuación que se reavivara el fuego en el hogar central y se colocara cerca una silla para el anciano. Una vez que el mendigo se sentó y salieron las doncellas, Penélope se instaló en su sillón, recubierto de pieles de carneros blancos, y le preguntó quién era y de dónde procedía.

Como Ulises no estaba dispuesto a contarle aún la verdad, optó por inventarse una nueva historia. Dijo ser un príncipe cretense que, si bien no se

había sumado a los griegos en su expedición contra Troya, había tenido ocasión, durante aquel viaje, de recibir a Ulises como huésped mientras se reparaban los daños que una tormenta había causado en algunas de sus naves.

Penélope lloró al oír aquel relato, aunque fuera de tiempos tan remotos. Como, además, habían sido tantas las falsas historias que otros viajeros le habían contado a lo largo de los años, quiso poner a prueba a su interlocutor.

—Dime —le preguntó— cómo iba vestido mi señor, porque anhelo oír cualquier cosa que con él se relacione.

Ulises sonrió para sus adentros, pero respondió con gran seriedad.

—Es difícil describirlo después de tanto tiempo, pero trataré de explicarlo según se me representa en el recuerdo. Vuestro esposo llevaba un doble manto de lana purpúrea; se lo ajustaba con un broche de oro y tenía la parte anterior adornada con hermosas figuras: un perro sujetaba con las patas a un cervatillo y le hincaba los dientes. Y bajo el manto, una túnica de espléndida seda, con aspecto de piel de cebolla ya enjuta,* tal era de pulida y suave, y semejante al sol por su brillo.

Y Penélope rompió de nuevo en sollozos, porque había sido ella quien había regalado el broche y el manto a su señor en el momento de partir.

—No marchitéis más vuestra hermosura ni aflijáis el alma llorando por vuestro esposo —le dijo Ulises—, porque durante los últimos viajes que la adversa fortuna me ha obligado a hacer, nuevamente he tenido noticias suyas; sé que vive todavía, que ha perdido a todos sus compañeros y que se acerca el momento de su regreso.

Penélope no se atrevía a creer las palabras del mendigo, porque otras muchas veces había juzgado ciertas noticias falsas. Pero tampoco podía rechazar por completo la esperanza que aquel desconocido le ofrecía, por lo que, agradecida, llamó a Euriclea, la anciana nodriza, y le pidió que trajera agua para lavar los pies de su huésped, que estaban cubiertos de polvo y agrietados por los muchos caminos recorridos.

Al ver quién iba a encargarse del lavatorio, Ulises se sentó en la sombra, dando la espalda al fuego del hogar antes de que la anciana preparase el brillante caldero.

—Aunque soy una pobre vieja estúpida —murmuró Euriclea—, te serviré con gusto, en recuerdo de mi antiguo amo, quien, a buen seguro, también habrá echado en falta en tierra extranjera la presencia de alguna mujer que aliviara sus pies doloridos. Pero presta atención a lo que voy a decir: muchos pobres errantes han pasado por esta casa, más nunca vi a nadie que, en cuerpo, extremidades y voz, se pareciera a Ulises tanto como tú.

—Otros que nos han conocido a los dos dijeron lo mismo —la atajó con presteza el héroe paciente.

Pero en aquel instante, al bajar la vista mientras apartaba los harapos que le cubrían las piernas, Euriclea reparó en una larga cicatriz blanca que le recorría el muslo: la huella que había dejado durante una cacería el colmillo de un jabalí cuando Ulises era poco más que un niño. La anciana nodriza reconoció al instante la antigua herida, y se le arrasaron los ojos de lágrimas.

—¡Ulises, mi niño querido! —susurró—. ¡No te he reconocido hasta después de palparte las carnes!

Tan sólo Euriclea, además de Argos, el perro fiel, había reconocido a Ulises bajo su disfraz de mendigo. La anciana dejó caer en el agua tibia del caldero el pie de su señor y se volvió para comunicar a gritos a Penélope, que se hallaba muy cerca, la buena nueva; pero como aún no había llegado el momento de que la reina supiera la verdad, Atenea había alejado sus pensamientos de lo que estaba sucediendo junto al hogar. Ulises, mientras tanto, apretó con la mano derecha la garganta de su nodriza y, acercándola a sí con la izquierda, le habló de este modo:

—Silencio, anciana. ¿Quieres acaso ser causa de mi muerte?

Ella, mirándolo, entendió sus razones e hizo con la cabeza un gesto de asentimiento.

—Permaneceré callada como una tumba, hijo mío —y, con manos temblorosas, prosiguió su tarea.

Cuando Euriclea, después de lavar y ungir* los pies de Ulises, abandonó el salón, Penélope se volvió hacia el extranjero y empezó a contarle sus tribulaciones;* le dijo que había tenido un sueño en el que veinte gansos que se alimentaban de su casa eran aniquilados por un águila enorme; luego añadió que si Ulises no regresaba pronto, tendría que ceder al fin y aceptar por esposo a uno de los pretendientes. Pero, ¿cómo elegir entre ellos cuando, en realidad, no quería a ninguno? Finalmente levantó la vista y dijo:

—El arco de mi señor aún sigue en palacio. Un gran arco que muy pocos hombres son capaces de armar.* Recuerdo que, de joven, solía colocar doce hachas en hilera, como si fueran soportes de un navío en construcción, y luego, alejándose, disparaba una flecha y la hacía pasar por el interior de sus doce anillas. Someteré a tal prueba a mis pretendientes. Elegiré como esposo a quien, tomando en sus manos el arco de Ulises, más aprisa lo arme y traspase las doce anillas. Luego me marcharé con él y me despediré para siempre de esta casa que ha sido mi hogar desde que me casé con mi esposo.

—Celebrad mañana la prueba —dijo el héroe paciente—, porque antes incluso de que otro hombre empuñe su arco, se presentará aquí Ulises.

Subió después Penélope al piso superior con sus esclavas, y se entregó al llanto por su esposo hasta que Atenea, la de los ojos resplandecientes, vino a verter sobre sus párpados un dulce sueño.

115

EL CONCURSO DE TIRO CON ARCO

Ulises pasó el resto de la noche sobre un montón de pieles de oveja en el pórtico* del palacio, meditando la ruina de sus enemigos, a quienes vio salir del palacio riendo y bromeando con las sirvientas desleales. Finalmente le venció el sueño que tanto necesitaba. A la salida del alba rezó a Zeus pidiéndole un signo favorable y, cuando apenas había terminado su plegaria, el dios le envió desde el Olimpo un trueno que resonó con fuerza en el cielo despejado. El héroe paciente escuchó además la voz de una sierva que, allí cerca, molía trigo para que los pretendientes pudieran saciarse de pan tierno y que, debido a su mayor edad y menores fuerzas, seguía aún moliendo su parte de trigo cuando sus compañeras ya habían terminado.

—Padre Zeus —decía aquella mujer—, que riges a dioses y hombres: como sin duda ese trueno es una señal de tu aprecio por algún mortal afortunado, te ruego que concedas a esta pobre desdichada participar de su buena fortuna; haz que sea ésta la última vez que muelo trigo para esos galanes que son una plaga de langostas en el palacio de mi señor, y que me deshacen los miembros con continuas fatigas. ¡Ojalá sea ésta la última de sus fiestas!

Así habló, y Ulises gozóse de oírla tras el trueno del dios, sintiendo que el corazón se le llenaba de ánimo.

Pronto las demás criadas empezaron a trabajar: barrieron y rociaron con agua los suelos de tierra, cubrieron de rojos tapetes las sillas labradas, frotaron las mesas con esponjas y lavaron cráteras* y copas bajo el ojo vigilante de Eurínome, el ama, mientras otras se llegaban a la fuente para traer agua.

Luego apareció Eumeo, con cerdos de la granja, y saludó a Ulises como a viejo amigo; mientras conversaban vino hacia ellos Melantio, el cabrero,

116

quien llegaba con los mejores animales del rebaño para el banquete de los pretendientes, y, al ver a Ulises, se desató en injurias:

—¿Aún aquí molestando, forastero? ¡Más vale que te marches pronto, porque de lo contrario te echaré yo mismo!

Acercóse después Filetio, mayoral* de pastores, con ganado para la mesa, y, al saber del maltrato que aquel mendigo de porte majestuoso había recibido de los pretendientes, se fue directamente a él y, tomándole la mano, le dijo:

—Salud, venerable huésped, y que seas al menos feliz de ahora en adelante. Has llegado en un momento difícil, pero la suerte cambia; tal vez te sonría el hado* cuando menos lo pienses, de la misma manera que pueden caer en desgracia esos gorrones que devoran mis mejores novillos.

Llegaron luego los pretendientes, como una ruidosa manada de gansos amontonándose para el almuerzo, y finalmente apareció Telémaco, empuñando una lanza y con dos de sus sabuesos pisándole los talones. El hijo de Ulises indicó al anciano mendigo que tomara asiento en el interior del salón y ordenó a los criados que le sirvieran las mismas porciones que a todos.

Sin embargo, Ctesipo, uno de los pretendientes, habló en estos términos:

—No sería decoroso desairar a quien Telémaco alberga en su casa. El huésped ha recibido ya una ración como la nuestra, pero yo voy a obsequiarle con otra —y, diciendo esto, le lanzó con toda su fuerza una pata de res que halló en un canasto. El mendigo, sin embargo, la esquivó al punto, agachándose, y el proyectil fue a dar contra el muro.

Telémaco, aunque estaba solo frente a toda una multitud, protestó indignado, sin olvidar, por otra parte, la obligación que tenía de mantener la paz hasta que llegara el momento oportuno. Su cólera, extrañamente, hizo que se extendiera por el salón abarrotado, como viento poderoso, una rara alteración del ánimo, de manera que los pretendientes empezaron a reír y a llorar desenfrenadamente al mismo tiempo, sin saber por qué. Pero Atenea, que les había trastornado el juicio, sí lo sabía. En aquel punto se oyó la voz del noble Teoclímeno, huésped de Telémaco:

—¡Desgraciados! Sumidos están en la noche vuestros rostros, las lágrimas os corren por las mejillas y el aire se llena con el ruido de vuestros sollozos; las paredes chorrean sangre y en el patio vuestros fantasmas corren hacia el Érebo; se ha eclipsado el sol en el cielo y una niebla funesta lo cubre todo.

Pero ellos rieron aún más alocadamente y le ordenaron que se marchara a la ciudad si tanta oscuridad encontraba en el palacio.

—Eso haré —dijo el vidente—. Porque la muerte se os viene encima a todos y a cada uno de vosotros —y, levantándose, abandonó el salón.

Los pretendientes, dándose codazos e intercambiando miradas de complicidad, todavía dominados por la hilaridad,* empezaron a burlarse de Telémaco, hostigándolo* de todas las maneras imaginables. Pero el hijo de Uli-

ses mantuvo la boca cerrada y los ojos fijos en su padre, esperando la señal que aguardaba con impaciencia.

Apareció entonces Penélope en el salón, con el gran arco de su señor y un carcaj* bien provisto de flechas, seguida de sus doncellas, que transportaban el cofre con las doce hachas. La esposa de Ulises se situó junto a una de las columnas que sostenían el techo y desdeñosamente* lanzó su desafío:

—Escuchad, pretendientes altivos que día tras día venís a comer a esta casa sin otra razón que vuestro deseo de casaros conmigo: os propongo celebrar un concurso para decidir de quién habré de ser esposa. Aquél que, tomando el arco de Ulises, más deprisa lo arme y atraviese con una flecha las

doce hachas, será el elegido; a ése habré de seguir, abandonando esta casa, de la que, a buen seguro, seguiré acordándome hasta en sueños.

Telémaco se alzó al instante, adelantándose a todos, y reclamó el derecho a lanzar la primera flecha.

—Y si lo consigo, ¡ninguno de vosotros se llevará a mi madre!

Pero primero había que colocar los blancos. El príncipe se despojó del manto purpúreo, pidió una pala y cavó una zanja larga y estrecha en el suelo de tierra, cuidando de que se dirigiera exactamente hacia el lugar que ocupaba su padre, muy cerca del umbral.* Colocó luego en la zanja las doce hachas dobles, comprobando que quedaban alineadas y que cada anilla quedaba exactamente detrás de la anterior. Finalmente aplastó la tierra con el pie.

Apostándose* después en la entrada, probó el arco. Tres veces trató de armarlo, y las tres le fallaron las fuerzas. Quizás intentándolo una cuarta lo hubiera logrado, pero el viejo mendigo le hizo con la mano un gesto apenas perceptible y Telémaco, abandonando el arco, agitó la cabeza, desalentado:

—¡Ay de mí! No tengo la fortaleza de mi padre.

Uno tras otro lo intentaron los pretendientes. Y uno tras otro fracasaron todos. Después de diez o doce vanos* intentos, Antínoo pidió que se avivara el fuego y se trajera un recipiente para derretir sebo, calentar el arco y tornarlo flexible, porque sin duda se había secado y estaba demasiado rígido por la falta de uso. Se procedió a calentar y a engrasar los cuernos del arco y de nuevo intentaron armarlo los pretendientes, pero sin mejor fortuna que antes.

Mientras sucedía todo aquello, Eumeo y Filetio, aburridos de presenciar tanto vano esfuerzo, salieron al patio. El héroe paciente se levantó y los siguió con presteza; una vez fuera del pórtico, les habló en voz baja:

—¿Qué haríais en favor de Ulises si llegara de repente, o un dios lo trajese a su patria y necesitara de vuestra ayuda? ¿Combatiríais a su lado o apoyaríais a la chusma* de los pretendientes?

—¡Ojalá Zeus nos concediera ese deseo! —exclamó el pastor—. Si volviera al hogar un varón como él, muy pronto verías el vigor de mis brazos.

—¡Que los dioses lo traigan antes de que sea demasiado tarde! —respondió Eumeo.

—¿Reconocéis esta cicatriz? —dijo Ulises, alzándose la harapienta túnica.

Al reconocer a su amo, ambos derramarron lágrimas de alegría y abrazaron como a hermano al héroe paciente, besándole cabeza y hombros.

—Basta ya de sollozos —dijo Ulises, cortando sus efusiones—,* no sea que alguien nos descubra. Ahora escuchadme. Yo voy a volver al salón. Tú, Eumeo, me seguirás, y como ninguno de los pretendientes querrá que se me entreguen el arco y la aljaba cuando solicite probar mi fuerza y mi destreza, tráemelos sin escuchar sus protestas. En cuanto a ti, Filetio, encárgate de cerrar, de manera que nadie pueda abrirla, la puerta del patio que da al camino. Cuando lo hayas hecho, ven tú también a reunirte conmigo.

En el interior del gran salón los pretendientes seguían intentando armar el gran arco. Mientras Ulises ocupaba de nuevo su sitio, aún sugirió Antínoo que se aplazara el concurso hasta el día siguiente y que, antes de reanudar las tentativas, se ofreciera un sacrificio a Apolo. Pero el viejo mendigo del rincón alzó la voz para pedir que se le permitiera probar su fuerza y habilidad. Los jóvenes galanes rieron a carcajadas ante aquella idea y le dijeron que los buenos alimentos y el mucho beber se le habían subido a la cabeza, al tiempo que le amenazaban con enviarlo en un negro navío al rey Équeto, que gustaba de banquetear con carne humana, dado que, al parecer, no existía otra forma de librarse de su presencia.[28] Pero Penélope alzó la voz con tranquilidad y firmeza, para decir que el mendigo era tan huésped como los demás, y tenía por tanto el mismo derecho a competir, si así lo deseaba.

—¿Y habrás de casarte con él si triunfa? —gritó alguien, carcajeándose.

—No creo que abrigue esa esperanza —respondió Penélope—, pero sí le daré un bello juego de túnica y manto, espada y lanza, y unas hermosas sandalias que le ayuden a llegar allá donde lo lleven sus esperanzas.

Intervino entonces Telémaco para decir que él se encargaría de dar un premio al mendigo: incluso el arco de Ulises, puesto que era dueño de entregarlo a quien quisiera. Y cuando su madre protestó, Telémaco le ordenó que regresara a sus aposentos y atendiera a sus labores, dejando que los varones se ocuparan de las cuestiones relacionadas con las armas.

Penélope se sorprendió, porque nunca había oído hablar a su hijo como señor de la casa, pero, obedeciéndole, regresó a sus habitaciones acompañada de sus siervas y, una vez allí, dio rienda suelta al llanto por Ulises, su perdido esposo, hasta que la divina Atenea vino a verter la dulzura del sueño sobre sus párpados.

En el salón, mientras tanto, cuando Eumeo llevaba ya el arco a Ulises, fueron tales los gritos amenazadores de los pretendientes que el porquero* se detuvo a mitad de camino y dejó su carga en el suelo, temiendo por su vida. Pero Telémaco se hizo oír por encima del griterío:

—¡Sigue adelante con ese arco o bien pronto sabrás a quién hay que obedecer!

Recobrado el valor, tomó el arco el porquero y, acercándose a su discreto señor, lo puso, junto con el carcaj, en sus manos. Luego, por unas palabras que le susurró Ulises, fue a decir a Euriclea que cerrara las sólidas puertas que llevaban a los aposentos de las mujeres; cuando vio cumplida la orden, regresó al salón. Filetio, mientras tanto, había hecho lo mismo con la gran puerta del patio, ya que amarró sus dos hojas con una maroma* que encontró por el suelo del porche. También él volvió después al salón, reuniéndose con el porquero muy cerca de Ulises, quien, impasible ante las burlas e insultos de los pretendientes, estaba examinando detenidamente el arco para asegurarse de que se hallaba en perfecto estado y de que, en su ausencia, la polilla no había horadado* los cuernos de íbice* de que estaba hecho.

Terminada la inspección, con la facilidad con que un músico que conoce su lira logra tensar la cuerda con una clavija nueva, así armó Ulises sin esfuerzo el gran arco. Un murmullo de colérica consternación se extendió por el salón abarrotado. Y cuando con la mano derecha el héroe paciente probó la cuerda, ésta resonó semejante al hermoso trino de una golondrina. Gran pesar invadió a los galanes, demudándose* todos. Tronó Zeus con fuerza mostrando su favor y se llenó de alegría el padre de Telémaco, porque el

dios de dioses le había enviado un prodigio. Tomó luego la aguda saeta que ya había sacado de la aljaba, fijóla contra el codo del arco, tiró de la cuerda y, sin levantarse del escabel* donde estaba sentado, apuntando bien recto, lanzó la flecha sin marrar* ni uno solo de los aros de las doce hachas.

—El mendigo que como huésped albergas en tu casa no ha deshonrado el arco de tu padre —le dijo a Telémaco—. Pero ahora, si queremos banquetear* de nuevo en el salón del rey, será necesario dar caza a nuestras presas y abatirlas —y, alzándose del escabel, movió levemente los hombros, como un guerrero que se dispone a entrar en acción.

Telémaco se ciñó la espada, echó mano a la lanza y, cubierto de fúlgido* bronce, fue a apostarse junto a su padre.

LA MATANZA DE LOS PRETENDIENTES

D e un salto, Ulises se colocó con el arco y con la bien repleta aljaba en el centro del ancho umbral. Después de dejar en el suelo, delante de sus pies, el montón de flechas, les gritó con acento triunfal a los galanes:

—¡Ahora voy a alcanzar otro blanco que ningún arquero se ha propuesto todavía! —al tiempo que lanzaba una nueva saeta.

Antínoo, que aún sostenía la áurea* copa de la que había estado bebiendo, cayó desplomado, atravesada la garganta de parte a parte. Los pretendientes, profiriendo amenazas, buscaron con ojos desorbitados los escudos y lanzas que deberían colgar de las paredes. Pero los muros estaban vacíos.

Ulises, mientras tanto, ya había colocado otra flecha en el arco.

—¡Perros! —gritó—. Como imaginasteis que nunca regresaría de Troya, devorabais mi hacienda y asediabais a mi esposa, sin miedo a los dioses que habitan el cielo anchuroso ni preocupación por la futura venganza de los hombres. ¡Pero ahora la muerte os tiene a todos prisioneros en sus lazos!

—¡Si conseguimos echarlo del umbral podremos salir fuera! —gritó Eurímaco a sus compañeros—. ¡Desenvainad la espada y seguidme!

Desnudó al decir aquello la hoja de doble filo que llevaba a la cintura, y con un grito terrible se lanzó contra Ulises; pero aún no había dado el primer paso cuando otra flecha certera le atravesó el corazón, cayendo al suelo entre las mesas desordenadas y el vino derramado. Anfínomo arremetió entonces contra Ulises, pero Telémaco le hirió con su broncínea lanza en medio de la espalda, derribándolo, y sus piernas y brazos temblaron unos instantes antes de paralizarse por completo.

Telémaco explicó a gritos a su padre que se marchaba para traer armas; y Ulises, colocando otra flecha en el arco, asintió con la cabeza sin apartar la vista de la turba* enfurecida y amedrentada.*

—¡Apresúrate mientras aún me quedan flechas para mantenerlos alejados de la entrada!

Telémaco corrió y regresó veloz, cargado con escudos, lanzas y cascos para todos ellos. Protegidos por las flechas de Ulises se armaron Telémaco, Eumeo y Filetio, y, al agotársele las saetas, también lo hizo el héroe paciente mientras los otros le cubrían con sus lanzas. Pero Melantio, el cabrero, conocía el modo de llegar al aposento donde habían guardado las armas y, temiendo por su vida si los pretendientes perecían o se les expulsaba, se escabulló sin ser visto y regresó con una docena de escudos, lanzas y yelmos.

Ulises, al ver que aparecían hombres armados entre la turba de los pretendientes, ordenó a Eumeo y a Filetio que fueran a descubrir quién ayudaba a sus enemigos. Así lo hicieron y, al encontrar a Melantio, le saltaron los dos encima y, con cruel atadura, le anudaron pies y manos a la espalda con trenzada maroma, dejándolo colgado cerca de las vigas del techo. Después regresaron veloces junto a Ulises y su hijo: cuatro hombres defendiendo el umbral contra la turba furiosa de pretendientes que llenaba el gran salón.

Una vez más Atenea vino en su ayuda; apareció primero, semejante en voz, cuerpo y figura a Mentor, amigo de juventud de Ulises, animándolo con gritos de apoyo, al igual que un auriga anima a su cuadriga* en las carreras; transformada luego en golondrina, revoloteó hasta posarse en la viga maestra del techo. Desde allí, atenta a todo lo que sucedía, utilizó su poder para evitar que los pretendientes alcanzaran el blanco cuando, dirigidos por Agelao, el más fuerte de ellos, comenzaron a arrojar sus lanzas de seis en seis. Errados los tiros, Ulises y los suyos arrojaron sendas lanzas e hicieron morder el polvo a sus enemigos.

De nuevo los galanes arrojaron sus lanzas, y en esta ocasión Telémaco recibió una herida en la muñeca, apenas un rasguño, mientras otra de las lanzas, al pasar por encima de su escudo, rozó el hombro de Eumeo. Ulises y sus tres compañeros, a su vez, lanzaron de nuevo sus picas a la turba enemiga y alcanzaron una vez más los blancos elegidos. Luego, agotadas las lanzas, desenvainaron las espadas y arremetieron ferozmente contra sus enemigos.

En el mismo instante, en lo alto del techo, por encima de los combatientes, Palas Atenea cambió nuevamente de apariencia para presentarse en todo su temible esplendor, alzando la égida mortal que llena de terror el corazón de todos los que la contemplan.[29]

Los pretendientes, asombrados y temerosos, en lugar de aprestarse* a recibir el ataque de Ulises, se dispersaron por el gran salón como un rebaño de vacas acosadas por los tábanos.* Y los cuatro campeones saltaron sobre ellos, haciéndolos correr de aquí para allá mientras los pasaban a cuchillo.

Medonte, el heraldo,* que había tratado de servir a la casa real, aunque procurando no caer en desgracia con los pretendientes, y que se había es-

condido debajo de una mesa, salió arrastrándose y fue a arrojarse a los pies de Telémaco, pidiendo clemencia. También Femio, el cantor a quien los galanes habían forzado para que los distrajera, con la lira sonora en las manos, se abrazó a las rodillas de Ulises, gimiendo:

—Canté para ellos únicamente porque me obligaron; el príncipe, tu hijo, lo confirmará. ¡Déjame que cante para ti como he ansiado hacerlo tantas veces!

Y el héroe paciente tuvo piedad de ambos y los mandó salir al patio, donde se acurrucaron juntos delante del altar familiar.

El rey recorrió después el salón con la vista, atento a descubrir si algún pretendiente se escondía vivo aún, tratando de esquivar su negro destino. Pero el combate había terminado, y allí estaban todos sobre el polvo y la sangre, derribados en gran multitud, como peces que los pescadores sacan a la playa con red de mil mallas.

Luego Telémaco fue a buscar a Euriclea, la anciana nodriza, quien, al ver a Ulises erguido entre el montón de los cuerpos y aquel mar de sangre, apreciando su gran hazaña, estalló en un clamor de júbilo. Mas el héroe paciente, conteniendo su impulso, le dijo:

—No es bueno proferir exclamaciones de alegría por la muerte de seres humanos. Alégrate, si así lo sientes, pero sólo en tu corazón.

Ordenó después a Telémaco y a los criados que llevaran a los muertos al patio y que las esclavas, supervisadas por Eurínome, el ama, lavaran con agua y porosas esponjas los sillones primorosos y las mesas, así como el suelo y las paredes. Luego mandó matar a las siervas que le habían sido infieles.

Trajeron también a Melantio y le dieron cruel muerte en el patio, después de lo cual todos se lavaron, y Ulises pidió que se quemara azufre en los distintos fuegos de la casa para purificarla.

Al abrirse la puerta que comunicaba con los aposentos de las mujeres, se presentaron en el salón las siervas de Penélope acarreando antorchas, porque ya había caído la noche para entonces. Al reconocer a su antiguo amo, que ocupaba de nuevo el lugar que le correspondía, las siervas lloraron de júbilo y le besaron las manos, los hombros y la frente. También él las reconoció a todas, porque ya servían a Penélope antes de que él zarpara camino de Troya. La reina, en cambio, no se presentó: aún seguía sumida en el profundo sueño provocado por Atenea antes de que comenzara el combate. Y la anciana nodriza, incapaz de esperar un momento más, subió a trompicones las escaleras, riendo alegre mientras corría, para contarle todo lo sucedido.

—Ven a ver lo que un día tras otro anhelabas con vana esperanza: ¡a Ulises en su casa y a todos tus pretendientes muertos a sus pies!

Penélope, despertándose, se incorporó en el lecho:

—¡Ay, nodriza! Los dioses, se ve, te han dejado sin juicio para que vengas a contarme semejante historia. ¡Y tan sólo para sacarme del sueño más dulce que he tenido desde que mi señor partiera camino de Troya!

—No te engaño, mi niña querida —protestó la anciana—. ¡Ulises, nuestro señor, está en el salón! Es aquel mendigo al que tus pretendientes tan gravemente insultaron… Pero Telémaco reconoció a su padre, él mismo podrá decírtelo…

Penélope saltó entonces del lecho llena de gozo y, mientras abrazaba a la anciana, brotó de sus ojos el llanto, pero, al mismo tiempo, temió que aquellas nuevas fueran demasiado maravillosas y espléndidas para ser ciertas, y no se atrevió a creerlas.

—¿Qué prueba tenéis mi hijo y tú de que se trata en realidad de mi señor y no de algún dios que ha tomado su apariencia para vengarse de los pretendientes por sus muchas infamias? ¿Y si fuera algún malvado que quiere aprovecharse de su parecido con Ulises, mientras mi esposo y señor yace muerto muy lejos de aquí?

—Si tal es el caso, ya sea hombre o dios, ¡ha aprendido a imitar muy bien la cicatriz del muslo que reconocieron mis manos antes incluso de que la vieran mis ojos! —protestó la anciana.

Pero Penélope seguía aún sin atreverse del todo a creer. Respiró muy hondo, temblorosa, y dijo:

—Bajemos a ver a mi hijo, a los pretendientes muertos y al hombre que ha acabado con ellos.

Seguida por Euriclea, descendió las escaleras y entró en el gran salón donde Ulises, todavía vestido de harapos y sentado junto a una de las elevadas columnas, los ojos fijos en el suelo, esperaba alguna palabra de su esposa. Pero Penélope se sentó al otro lado del fuego, contemplándolo a la luz de las llamas y dominada por el pasmo; unas veces creía reconocerlo, pero, otras, le hacían dudar sus astrosos* vestidos. Incluso mirándolo fijamente a los ojos no estaba segura y sentía miedo. Y, mientras tanto, ni una sola palabra se había cruzado entre ellos.

Deseoso de darle tiempo, Ulises, el de heroica paciencia, decidió ocuparse de otros asuntos urgentes, por lo que pidió a las siervas de Penélope que salieran en busca del cantor. Cuando Femio llegó desde el patio, temeroso de lo que el destino le pudiera reservar, el rey le ordenó hacer música con su lira sonora para preludiar los tonos alegres del baile, de manera que quienes desde fuera la escucharan, vecinos o gente de paso, creyeran que allí dentro se celebraba una boda. Porque, según la ley de las enemistades por muertes violentas, los parientes de los galanes ejecutados deberían presentarse reclamando venganza tan pronto como recibieran la noticia; y de aquella manera ganaría al menos el respiro de una noche de descanso.

Una vez que comenzó la danza, Eurínome lavó y ungió* a Ulises, vistiéndole luego con una túnica y un manto hermosos. Atenea, al mismo tiempo, dotó de gran hermosura la cabeza del héroe. Después, sentándose de nuevo en el sillón que antes había ocupado, volvió a mirar a Penélope desde el otro lado del fuego. Pero incluso entonces la madre de Telémaco no acababa de convencerse, y siguió inmóvil, como figura pintada en madera, examinándolo como a un desconocido.

—Sin duda —habló finalmente Ulises— eres la más hermosa de todas las reinas del mundo, pero también la de corazón más duro, puesto que tan fría te muestras cuando regreso finalmente a casa después de tantos años de fatigas y amarguras. ¡Nodriza! —le gritó con brusquedad a Euriclea—, estoy cansado. Prepárame un lecho en algún rincón, porque necesito dormir, y me parece que esta noche tendré que hacerlo solo.

Al oír aquello, Penélope supo de repente cómo podía someterlo a una prueba definitiva. Si el antiguo mendigo sabía lo que sólo Ulises, además de ella y de la más anciana y fiel de sus criadas, podía conocer, desaparecerían por completo sus dudas.

—Haz lo que te pide, nodriza —dijo la madre de Telémaco—; prepara un lecho fuera de la cámara nupcial, y saca para él la cama que allí se encuentra.

Ulises comprendió lo que Penélope se proponía y sonrió para sus adentros, si bien fingió enojarse.

—¿Cómo puede nadie retirar nuestro lecho matrimonial del lugar donde se halla? ¿Acaso no lo fabriqué yo mismo, utilizando a manera de pata el tronco de un olivo enraizado y vivo? ¡Sólo cortando el árbol podría llevarse a otro sitio el armazón de la cama!

Mientras así hablaba Ulises, se desvanecieron las últimas dudas de Penélope, quien, abandonando su silla al otro lado del fuego, rompió a llorar y corrió a su encuentro con los brazos tendidos; luego, rodeándole el cuello con ellos, le besó el rostro y le dijo:

—No te enojes conmigo. ¡He temido tanto, durante todos estos años, amor mío, la llegada de algún hombre que se te pareciera y que pudiera engañarme con falsas razones, puesto que era tan grande mi deseo de creer!

Igualmente lloró Ulises, apretando contra el pecho a la esposa leal y entrañable. Luego, sentados muy juntos delante del fuego, el héroe paciente narró a la recobrada Penélope sus muchos viajes y su anhelo de regresar a su lado, anhelo que le había acompañado en tantos lugares remotos. Finalmente, al manifestar ella su deseo de saber la tarea, aún pendiente, que le había impuesto el espíritu de Tiresias, su esposo le explicó cómo un día, antes de que, definitivamente, pudiera descansar en su propio hogar, tendría que recorrer los poblados de los hombres mortales llevando en las manos un remo, hasta que hallara gentes ignorantes del mar que nunca hubieran comido manjares sazonados con sal, ni conocieran las naves de flancos purpúreos, ni el uso de los remos. Y cuando encontrara a un hombre que confundiera el remo con un bieldo,* debería hundir el remo en tierra y ofrecer en sacrificio a Posidón un carnero, un toro y un verraco.*

—Y de ese modo —concluyó—, me veré libre para siempre de la ira del dios de los mares.

—Si los dioses te conceden una vejez feliz, no hay razón alguna para afligirse —dijo Penélope.

Entretanto la anciana nodriza y el ama Eurínome habían vestido de las más finas ropas el lecho conyugal; luego la fiel camarera* condujo a sus amos al aposento, llevando en las manos la antorcha, y, tras dejarlos en él, nuevamente salió, mientras ellos saludaban gozosos su antiguo lecho de bodas.

En el gran salón, los que bailaban siguieron danzando, como si realmente en el palacio de Ulises se celebrara una boda.

PAZ EN LAS ISLAS

A la mañana siguiente Ulises se despertó temprano, dispuesto a resolver los asuntos que aún le quedaban pendientes. A Penélope le dijo que se retirase con todas su siervas a los altos del palacio, sin recibir a ningún visitante ni responder a ninguna pregunta hasta que él regresara. Luego dejó de guardia a los hombres de la casa y, acompañado por Telémaco, el pastor y el porquero, todos ellos con aprestos de guerra y el cuerpo ceñido de bronce, se puso en camino hacia la granja familiar, situada entre las colinas, donde Laertes, su padre, se había retirado a esperar la muerte.

Cerca ya de la casa, Ulises encargó a sus acompañantes que avisaran a la vieja mujer siciliana que cuidaba con esmero del anciano para que preparase el almuerzo. Luego descendió por el empinado huerto hasta los viñedos en terrazas, donde estaba seguro de que encontraría a su padre. Allí, efectivamente, acollando* con energía las vides, estaba Laertes, vestido con una túnica sucia y zurcida, modestas polainas* de cuero en torno a las pantorrillas, por miedo a rasguños y heridas, y guantes para defenderse de espinos. Lo halló completamente solo, porque sus criados habían ido a recoger piedras para reforzar el cercado que defendía el viñedo, y sólo alzó la vista del suelo cuando Ulises se detuvo, muy cerca ya de él.

—Trabajas con ahínco,* buen hombre. Ya veo que nada ignoras del cultivo de huertos y vides —fueron las primeras palabras de su hijo—. Nunca he visto tierras mejor cuidadas. Dime, ¿a quién sirves? ¿De quién es este huerto que cultivas? —ya que aún necesitaba saber qué pensarían otras personas de su regreso, y para ello necesitaba ocultar su identidad.

132

Laertes se asombró de ver a un hombre ataviado para la guerra en aquel tranquilo viñedo, pero, reponiéndose, no tardó en contestarle.

—A nadie sirvo, porque soy el dueño de esta granja y de sus jardines, y antiguamente fui también señor de toda Ítaca y de las islas circundantes. Me llamo Laertes, y soy el padre del gran Ulises, a quien lejos de los suyos y del suelo paterno devoraron probablemente los peces del mar o fue, en la costa, despojo de fieras y aves. Sin duda murió, y ni su madre ni yo, que le dimos la vida, pudimos amortajarlo* y llorarlo, ni tampoco su esposa, la discreta Penélope. Pero contestar a una pregunta autoriza a hacer otra. Dime, extranjero, ¿de qué pueblo eres? ¿Cuáles son tu ciudad y tus padres?

—Soy de Alibante —le respondió Ulises—, y allí conocí a tu hijo cuando regresaba de Troya. Fue mi huésped durante algún tiempo, pero de eso hace ya cinco años, por lo que ahora tenía esperanzas de encontrarlo aquí, ya de regreso en su tierra.

Oscura nube de pena cegó al anciano Laertes al oírle; agachándose y tomando dos puñados de tierra, vertiólos sobre la cana cabeza exhalando gemidos.

—Si después de cinco largos años no ha regresado a su casa, ha de estar sin duda muerto.

A Ulises se le ablandó entonces el corazón y, alzando a Laertes, lo apretó contra su pecho, diciendo:

—¿Acaso bastan diecinueve años para que no me reconozcas, padre mío?

Pero incluso después de examinar sus facciones detenidamente, al anciano le costaba trabajo creerle, como antes le había sucedido a Penélope.

—Si en verdad eres mi hijo —exclamó a la postre—, dame alguna prueba, para que pueda estar seguro.

Y Ulises, alzando el borde de la túnica, le mostró la cicatriz que en el monte Parnaso le había dejado el colmillo del jabalí.

—Y, ea —añadió enseguida—, si lo deseas te enumeraré los árboles de esta huerta florida que, siendo yo niño, me regalaste porque te los iba pidiendo mientras corría, junto con los perros, pegado a tus talones. Míos son aquellos trece perales y aquellos diez manzanos, y también cuatro decenas de higueras. E incluso me prometiste que un día tendría cincuenta liños* de vides.

El anciano Laertes sintió desfallecer sus rodillas y su corazón pero Ulises se apresuró a sostenerlo antes de que se desplomara.

Cuando se serenó de nuevo, las primeras palabras que salieron de su boca fueron una advertencia.

—¡Será mucho lo que tendrás que hacer cuando regreses a tu casa!

—Ya estuve allí y terminé el trabajo de que hablas —dijo Ulises—. Maté a los galanes que devoraban mi hacienda y que durante tanto tiempo persiguieron a mi esposa. Castigué como se merecían su insolencia y sus hechos infames.

A pesar de la satisfacción que le causó aquella noticia, una nueva preocupación ensombreció el ánimo del anciano.

—¿Pero cómo podremos enfrentarnos a todos sus familiares cuando vengan contra nosotros, buscando venganza?

—Tiempo tendremos para ocuparnos de ello cuando llegue el momento —respondió Ulises—. Mientras tanto vamos a la casa adonde ya mandé a tu nieto, junto con el pastor de los bueyes y el leal porquerizo, para que nos preparasen el almuerzo.

Y, diciendo eso, dirigieron sus pasos a la casa próxima al huerto, y allí encontraron a Telémaco y a sus dos compañeros, que ya trinchaban la carne recién sacada del fuego y mezclaban el vino chispeante.

La sierva siciliana bañó a Laertes y le ungió con aceite, ciñéndole después una hermosa túnica.

—Me gustaría ser tan fuerte y tener tan buen aspecto como tú cuando llegue a tus años —le dijo Ulises cuando se sentaron a comer.

—¡Ojalá fuera yo tan fuerte como cuando tenía tu edad y hubiera podido combatir ayer a tu lado! —le replicó Laertes.

Aún empezaban a comer cuando Dolio, el marido del ama, junto con sus tres hijos, regresaron hambrientos de su tarea de recoger piedras. Pasado el primer momento de asombro, Ulises y Dolio se saludaron como viejos amigos que eran; sus hijos se acercaron después felices a estrecharle la mano, y enseguida ocuparon su sitio en la mesa junto a su padre.

Para entonces, la voz mensajera se había extendido por toda la ciudad y la isla contando el regreso de Ulises y los terribles sucesos del día anterior, por lo que los familiares de los pretendientes empezaron a reunirse a las puertas del palacio real. Retiraron de allí los cuerpos que les fueron entregados, y cada cual enterró a sus muertos. A los de ciudades lejanas los pusieron en poder de los pescadores, para que los devolvieran en sus naves veleras a sus países de origen.

Luego los parientes de los galanes se reunieron en la plaza y, tan pronto como estuvieron todos, Eupites, el padre de Antínoo, el primero de los caídos a manos de Ulises, se puso en pie y tomó la palabra para denunciar al señor de Ítaca como enemigo suyo, puesto que había regresado sin los compañeros que con él se habían embarcado, además de perder las naves; y aho-

ra había asesinado a la flor y nata de sus jóvenes. Su regreso no había traído más que dolor y desolación para todos.

—¡Nos quedaremos sin honor y hasta las gentes futuras vendrán a saber de nuestra afrenta si dejamos impune* el asesinato de nuestros hijos y hermanos!

Un anciano de reconocida prudencia recordó a los reunidos que los jóvenes pretendientes habían recibido el justo castigo a las locuras cometidas, y muchos aprobaron sus palabras con grandes clamores y marcharon de allí, pero los demás, sin dejarse convencer, corrieron en busca de sus armas y, reunidos de nuevo, salieron de la ciudad, con Eupites al frente, para encaminarse al refugio de Laertes, sabedores de que Ulises se había trasladado allí aquella misma mañana.

En la granja, mientras tanto, terminado el almuerzo, uno de los hijos de Dolio, al salir al umbral, según se le había indicado, avisó que veía el reflejo del sol en las lanzas que se acercaban por el camino.

Todos se pusieron en pie: Ulises, Telémaco, el fiel porquerizo y el boyero, los seis hijos de Dolio, y también los dos ancianos, Dolio y Laertes, doce en total, y empuñaron las armas, que ya tenían preparadas. Decididos a pelear en campo abierto sin tratar de defender la granja, abrieron las puertas y, con Ulises al frente, salieron al encuentro de sus enemigos.

En aquel momento la diosa Atenea vino una vez más en ayuda del héroe paciente. Dirigiéndose primero a Laertes, le infundió audacia, diciéndole:

—¡Laertes, amigo muy querido, eleva una plegaria al padre Zeus y a la señora de ojos resplandecientes y deja después que tu lanza vuele rápida!

Y el padre de Ulises, que llevaba muchos años sin utilizar un arma en combate, sintió cómo volvían a sus miembros la fuerza y la destreza. Luego de orar brevemente, cuando los guerreros enemigos se pusieron al alcance

de su brazo, se echó hacia atrás y arrojó la lanza, que fue a dar en el yelmo de Eupites, atravesándole la cabeza. El padre de Antínoo cayó por tierra con gran estrépito de toda su armadura.

Los hombres que le seguían vacilaron un instante, y Ulises y Telémaco se abalanzaron al mismo tiempo sobre sus adversarios, espada en mano y las grandes lanzas en ristre.* Pero Atenea, dando una gran voz en medio de ellos, detuvo a los dos grupos de guerreros.

—¡Hombres de Ítaca, desistid de la guerra funesta y retiraos sin verter ya más sangre!

Al escuchar las palabras de la diosa, el espanto se apoderó de los familiares que habían llegado en busca de venganza. Arrojando al suelo las armas, se volvieron para huir, sin pensar en otra cosa que en conservar la vida. Ulises profirió entonces un aullido terrible y se lanzó contra ellos como un águila de alto vuelo. Pero Zeus le envió un ardiente rayo que fue a caer delante de sus pies. Y Atenea le ordenó que se detuviera, evitando así la cólera del dios cuya voz se alarga en ecos, padre de todos los dioses.

Ulises recobró la calma y obedeció con el ánimo alegre, al igual que Telémaco y Laertes y los demás guerreros que le seguían. Allí mismo envainaron las espadas y se detuvieron, apoyados en las astas* de las lanzas, mientras los itacenses que habían querido vengar a sus hijos y hermanos dejaron de huir y regresaron junto a sus enemigos.

Palas Atenea, la de los ojos resplandecientes, puso, con todos los ritos y sacrificios adecuados, acuerdo definitivo entre los contendientes, logrando que en Ítaca y en las otras islas reinara para siempre la paz.

EL ESCENARIO DE LA ODISEA

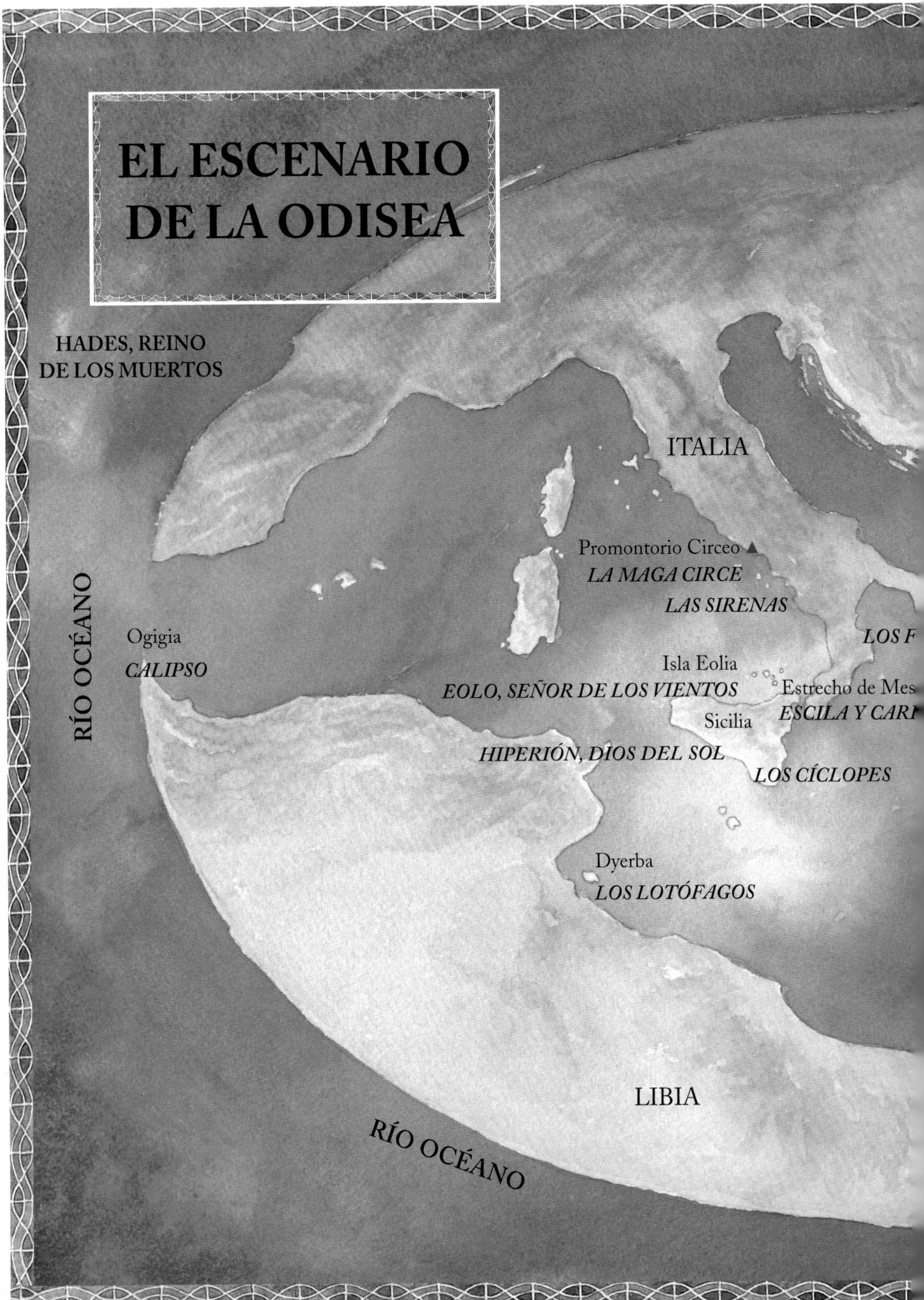

HADES, REINO
DE LOS MUERTOS

ITALIA

RÍO OCÉANO

Promontorio Circeo ▲

LA MAGA CIRCE

LAS SIRENAS

Ogigia

CALIPSO

LOS F

Isla Eolia

EOLO, SEÑOR DE LOS VIENTOS

Estrecho de Mes

ESCILA Y CAR

Sicilia

HIPERIÓN, DIOS DEL SOL

LOS CÍCLOPES

Dyerba

LOS LOTÓFAGOS

LIBIA

RÍO OCÉANO

TRACIA
LOS CÍCONES

• Troya

TURQUÍA

te Olimpo ▲

GRECIA

aca

• Micenas

Pilos • • Esparta

Creta

EGIPTO

RÍO OCÉANO

abrupto: agreste, con grandes contrastes de relieves.

acollar: cobijar con tierra el pie de los árboles o plantas, y particularmente de las vides.

ágora: plaza pública en las ciudades griegas.

agreste: sin cultivar, lleno de maleza.

aguada: *hacer aguada* es aprovisionarse de agua potable para la navegación.

ahínco: empeño, insistencia.

ajuar: conjunto de joyas, ropas y muebles que aporta la novia al matrimonio.

algarabía: ruido y voces de mucha gente.

aliso: árbol muy frondoso de la familia de los abedules que crece en las umbrías y junto a los ríos.

ambrosía: manjar o alimento de los dioses, que confería la inmortalidad.

amortajar: envolver en la *mortaja* o lienzo al difunto para su entierro.

antro: caverna o gruta.

aplacar: calmar, suavizar.

apostado: puesto en un lugar para alguna finalidad.

aprestar: preparar, aparejar.

aprisco: corral o redil donde se guardan los rebaños por la noche, cercado de madera o piedras.

ara: altar sobre el que se ofrecían los sacrificios a los dioses.

ardid: medio hábil para conseguir algo.

armar: montar el arco.

arrebol: el color rojizo de las nubes iluminadas por el sol naciente o poniente.

artimaña: artificio o astucia para engañar a alguien.

a saco: *entrar a saco*, saquear, robar destruyendo indiscriminadamente.

asfódelo: planta de pequeñas flores blancas que crecen en espiga sobre un tallo recto que puede llegar a un metro.

asta: mango de madera sobre el que se encaja una punta metálica.

astroso: roto o desaseado.

atalaya: lugar elevado desde donde se puede ver mucho espacio de tierra o mar.

atenazar: torturar, afligir.

áureo: de oro.

avidez: ansia.

bajel: barco ligero.

balde: especie de cubo de boca más ancha y más baja.

banquetear: dar o participar en banquetes.

bardo: poeta antiguo que cantaba las gestas de los héroes.

bieldo: instrumento de madera usado para separar del grano la paja, y compuesto por un mango largo enclavado en un palo transversal del que salen varios palos más, en forma de dientes.

botador: palo largo utilizado para empujar una pequeña embarcación haciendo fuerza contra el fondo.

boyerizo: pastor encargado del cuidado de los bueyes.

camarera: mujer de más respeto de entre las que sirven en una casa principal o palacio.

canoro: grato y melodioso, en referencia a la voz y al canto de las aves.

cantil: acantilado, roca alta de la costa.

carcaj: aljaba, pequeño morral cilíndrico, de cuero o madera, que se colgaba al hombro para transportar las flechas.

cautiverio: privación de libertad.

cayado: palo o bastón.

cebado: alimentado.

cejar: ceder.

celeridad: rapidez.

cenit: el punto más alto que alcanza el sol.

ceñidor: cinta con que se ciñe la ropa a la cintura.

cerúleo: azulado (adjetivo usado en literatura).

chanza: burla.

chicha: *calma chicha*, quietud total del aire que no permite la navegación a vela.

chusma: grupo de gente malvada o despreciable.

címbalos: pequeños platillos que se usan como instrumentos de percusión.

circunstantes: los que se hallan presentes.

cochiquera: pocilga.

conminar: dirigirse a alguien de forma amenazante para obligarle a hacer algo.

consorte: marido respecto de la mujer, y mujer respecto del marido.

contonearse: andar con movimientos afectados de hombros y caderas.

crátera: vasija o copa grande y ancha usada para mezclar el vino antes de servirlo.

cuadernas: las tablas que forman el armazón del barco.

cuadriga: carro tirado por cuatro caballos de frente.

cuenco: recipiente pequeño, hondo y ancho, sin borde, de madera o de barro.

cuita: preocupación, pesar.

demudarse: cambiarse repentinamente el color, el gesto o la expresión de la cara.

denodadamente: con *denuedo*, esto es, con esfuerzo.

denuedo: esfuerzo, brío.

despensera: la encargada de la despensa.

driza: cabo largo con el que se levantan o se bajan velas, banderas o vergas.

embate: golpe impetuoso de mar.

enhoramala: expresión que se emplea para denotar disgusto o enfado.

enjaezar: poner los aparejos o *jaeces* a las caballerías para disponerlas para cabalgar.

enjuto: seco.

ensenada: golfo pequeño.

escabel: taburete, pequeño banquillo donde se apoyan los pies cuando se está sentado.

estentóreo: fuerte y ruidoso, que retumba.

escanciar: servir el vino.

estratagema: treta, acción hábil y con engaño para conseguir algo.

expiación: borrar las culpas o purificarse mediante algún sacrificio.

feraz: muy fértil.

filigrana: trabajo de orfebrería en que se forma un encaje con hilos de oro.

frondoso: árbol con mucho follaje o espesura.

fúlgido: resplandeciente.

furtivamente: hecho a escondidas.

fusta: látigo largo de cuero para arrear a los animales de tiro.

galera: embarcación de vela y remo, de quilla más ancha.

gozquecillo: perrillo pequeño.

grama: planta medicinal de hojas cortas y agudas y flores en espigas.

grávida: que soporta un peso añadido.

hado: destino.

harapiento: vestido de harapos, andrajoso.

heces: posos.

heraldo: mensajero.

hilaridad: risa ruidosa y sostenida.

hito (de hito en): (mirar) fijamente.

hogaza: pan grande.

holgar: descansar, estar ocioso.

horcajadas (a): sentarse echando una pierna a cada lado.

hostigar: perseguir, molestar a uno.

hozar: escarbar y levantar la tierra con el hocico los cerdos o jabalíes.

íbice: especie de cabra montés.

inclemente: (tiempo) riguroso o desapacible.

insomne: que no duerme.

izar: levantar (las velas) con un cabo o cuerda para que cojan viento y hagan navegar el barco.

jacinto: planta de flores olorosas, blancas, azules o amarillentas.

jarcia: aparejos y cabos de un barco.

labrados: bordados.

lanzadera: pequeño instrumento de madera, en forma de barco y con una canilla dentro, que usan los tejedores para urdir la tela.

libación: derramar vino en honor de los dioses.

liño: línea de árboles, de vides o de cualquier otra planta.

magnánimo: generoso.

marinera: (embarcación) que navega con facilidad y seguridad.

maroma: cuerda gruesa y trenzada de esparto o cáñamo.

marrar: fallar.

mástil: palo vertical de un barco sobre el que se cruzan las *vergas* ('palos horizontales sobre los que se aseguran las velas').

mayoral: pastor principal entre los que cuidan el rebaño.

mixtura: mezcla de varias bebidas.

moteado: salpicado de manchas.

mudanzas: movimientos que se hacen a compás en los bailes.

nao: nave.

nauta: marinero, navegante.

néctar: licor suavísimo que, según la mitología, bebían los dioses.

nupcias: bodas.

odre: recipiente de cuero cosido utilizado para transportar vino u otros líquidos.

omnímodo: todopoderoso.

omnipotente: que todo lo puede (en alusión a los dioses).

penol: el extremo de las vergas o palos transversales del barco.

peplo: especie de vestidura exterior, sin mangas y ceñido a la cintura, que llevaban las mujeres griegas.

pericia: habilidad.

pillaje: rapiña, robo o saqueo con violencia.

polaina: especie de media calza de paño o de cuero que cubre la pierna hasta la rodilla.

porquero: encargado de cuidar los cerdos.

pórtico: lugar cubierto y con columnas situado delante de templos y palacios.

progenie: familia de la que desciende una persona.

prole: hijos o descendientes de alguien.

proceloso: borrascoso, tormentoso.

promontorio: elevación en el terreno; punta rocosa que avanza en el mar.

propiciado: atraído el favor o la benevolencia de alguien.

punto (al): de inmediato.

recabar: pedir, conseguir.

redil: corral donde se guarda el ganado.

reflujo: movimiento de descenso de la marea.

resaca: movimiento de retroceso de las olas después de llegar a la orilla.

rufián: hombre sin honor, perverso.

sabueso: perro de caza, ágil y de gran olfato y resistencia.

sándalo: árbol oriental de aspecto semejante al nogal y de madera olorosa.

septentrional: que está en el norte.

sucintamente: con brevedad.

suero: parte líquida que se separa al coagularse la leche.

tabas: juego en que se tira al aire unas *tabas* (o hueso de pie de carnero) y se gana o se pierde según la posición en que quede; es parecido a los dados.

trabajos: penalidades, dificultades.

traílla: correa con que se lleva a un perro atado.

tribulación: pena, tormento.

tridente: cetro en forma de arpón que tiene en la mano el dios Posidón.

trinchar: trocear la carne asada para servirla.

túmulo: monumento funerario.

turba: muchedumbre de gente confusa y desordenada.

ungir: untar con aceite o con grasa perfumada la piel de una persona tras el baño; era una práctica cosmética de los antiguos griegos.

urdimbre: conjunto de hilos que se colocan sobre el telar para tejer una tela.

varar: sacar a la playa o poner en seco una embarcación.

vellón: atado de lana sin hilar.

verraco: cerdo utilizado como semental.

vianda: conjunto de comida.

vislumbrar: ver algo de manera imprecisa.

yantar: comer.

zafarse: librarse, salirse, escaparse.

zozobra: inquietud, aflicción.

1 El libro, titulado *Naves negras ante Troya*, es una recreación de la *Ilíada* de Homero. Es el primer volumen de esta misma colección.

2 Esta ciudad de Tracia (noreste de Grecia) pertenecía al pueblo de los cícones, que, bajo las órdenes de su jefe Mentes, había ayudado a Príamo durante el largo asedio de Troya. Aunque muchos de los lugares que se mencionan en el libro no han podido identificarse con certeza, en el mapa de las pp. 138-139 podrá verse la posible localización de algunos de ellos.

3 El árbol del laurel era un símbolo sagrado de Apolo desde que su amada Dafne se transformó en dicho árbol para evitar los requerimientos amorosos del dios. Por eso a los poetas y artistas, protegidos de Apolo, solía coronárseles con ramas de laurel. Por otro lado, los cícones de Ísmaro descendían de Cicón, hijo de Apolo, de ahí que se le tributara un culto especial en aquella tierra a este dios.

4 Los *lotófagos* ('comedores de loto') eran un pueblo mítico del que se dice que habitaba en el norte de África o en la isla de Dyerba (véase el mapa). El historiador griego Heródoto refiere que el *loto* es una planta que por su tamaño se parece al *lentisco* ('arbusto de madera dura y rojiza de cuyos frutos se extrae aceite') y por su dulzor al dátil, y Polibio, en su detallada descripción, parece identificarlo con el *azufaifo* ('árbol cuyo fruto de forma elipsoidal es dulce y comestible').

5 La tierra de los cíclopes se localiza en una isla que se ha identificado con Sicilia. Polifemo, el cíclope protagonista de este episodio, es hijo del dios Posidón y de la nereida Toosa.

6 La hospitalidad para con los forasteros era una costumbre ancestral y casi sagrada en todos los pueblos helénicos, y de ella se nos ofrecen abundantes ejemplos en *Las aventuras de Ulises*.

7 Posidón, padre de Polifemo, es el dios de los mares y de los terremotos.

8 La isla Eolia se ha querido identificar con una de las que se encuentran al norte de Sicilia (véase el mapa). Pero, si es flotante, ¿cómo podría localizarse con precisión? El matrimonio incestuoso entre hermanos, por otra parte, resulta extraño en la antigua Grecia, aunque tiene antecedentes en el matrimonio de los dioses Zeus y Hera, ambos hijos de Crono y Rea.

9 La maga Circe habitaba en la isla de Eea, que hoy los estudiosos no identifican con una isla sino con la península italiana de Circeo en la bahía de Nápoles.

10 La *morada de Hades* es, como veremos luego, el reino de los muertos.

11 Hades y su esposa Perséfone reinaban en los Infiernos, la morada de los muertos, lugar de sombras aunque no de tormentos, como lo es el infierno cristiano. Ningún mortal podía penetrar en este lugar y regresar al mundo de los vivos, aunque algunos héroes (Hércules, Orfeo, Ulises, Eneas...) sí lograrán hacerlo.

12 El *Océano* era el nombre que recibía un río que circundaba el disco llano de la Tierra y que marcaba sus confines (véase el mapa). Traspasado el Océano se accedía a los ríos de aguas sulfurosas Éstige y Aqueronte, que daban paso a la mansión de Hades. Para cruzar el Aqueronte las almas de los muertos que habían recibido las debidas honras fúnebres debían pagar una moneda al barquero Caronte, que rechazaba a los muertos insepultos o a los vivos. Homero, sin embargo, parece desconocer la figura de Caronte.

13 El Érebo es el nombre de las tinieblas infernales; como personificación divinizada se le consideró hijo del Caos y hermano de la Noche.

14 Como hemos visto, los muertos que no habían sido enterrados o incinerados y homenajeados como ordenaban los ritos no eran admitidos por Caronte y vagaban sin reposo durante cien años, sin poder entrar en el Hades.

15 Las Sirenas son divinidades marinas, con cabeza y pecho de mujer y el resto del cuerpo de ave, que atraían a los marineros con sus cantos melodiosos para hacerlos naufragar. Este pasaje se sitúa frente a la isla de Sorrento, donde las sirenas se retiraron tras ser derrotadas en el canto por las Musas.

16 Escila y Caribdis son personificaciones monstruosas de ciertos arrecifes de gran peligro para la navegación, situados en el estrecho de Mesina.

17 Las vacas del sol a que se refiere este episodio eran animales de extraordinaria blancura con cuernos de oro, apacentados por las ninfas ('divinidades marinas que simbolizan la fecundidad de la naturaleza') Lampecia y Faetusa, hijas del Sol, en la isla de Trinacia (a menudo identificada con Sicilia). Los hombres de Ulises cometen un grave sacrilegio al sacrificar y comer estos animales sagrados.

18 La isla de Calipso, Ogigia, se encontraba en el extremo occidental del Mediterráneo, frente a Gibraltar, lo que ha llevado a identificarla con la península de Ceuta.

19 Samos es una ciudad de la isla de Cefalonia, frente a Ítaca, al oeste de esta isla; entre ambas forman un largo estrecho, flanqueado por costas abruptas, idóneo para una emboscada.

20 Ulises se disfrazó de mendigo para penetrar en Troya, recabar información sobre los sitiados y robar el Paladio, una piedra sagrada protectora de la ciudad. Posteriormente, los griegos asaltaron Troya, mediante la estratagema del caballo de madera, historia que el bardo Demódoco relatará en la corte de Feacia (p. 97). Estos relatos, que forman parte de la *Odisea*, han sido narrados por Rosemary Sutcliff en *Naves negras ante Troya*.

21 Faro era en realidad el nombre del piloto que dirigía la nave de Menelao al regreso de Troya. Llegados a una isla agreste en la desembocadura del Nilo, el piloto murió por la mordedura de una serpiente. En honor a él la isla recibió su nombre.

22 Al dios Hermes, mensajero del Olimpo y patrón de los caminantes, se le representaba con sandalias aladas y con un bastón de oro en la mano; de ahí el epíteto que le aplica Calipso.

23 Feacia, la tierra hospitalaria donde reina Alcínoo, es situada al norte del mar Jónico; hay quien la identifica con la isla de Corfú, y quien opta por la de Cefalonia.

24 Entre los antiguos griegos no era raro que los *aedos* o cantores épicos fueran ciegos; por eso se piensa que el propio Homero debió de serlo.

25 Los amores de Ares y Afrodita constituyen uno de los episodios más famosos de la mitología. Afrodita, casada con el feo Hefesto, dios de la fragua, era infiel a su esposo tanto con hombres como con dioses, sobre todo con Ares, el dios de la guerra. Enterado Hefesto de las relaciones de Ares con su esposa, se vengará de los dos amantes encerrándolos en una red de oro invisible mientras yacían juntos, y exponiéndolos a la burla de los dioses del Olimpo.

26 Los acontecimientos de la *Odisea* ocurren en la Edad de Bronce, de ahí que la espada sea de ese material.

27 Las náyades, hijas de Zeus, eran ninfas de los ríos, fuentes y estanques.

28 Équeto es un legendario rey del Epiro (noroeste de Grecia) caracterizado por su gran crueldad. Se contaba que, tras cegar a su hija clavándole alfileres en los ojos, la encerró hasta dejarla morir de hambre.

29 La cabra Amaltea había amamantado a Zeus cuando era niño. Con la piel de esta cabra se hizo luego el dios una armadura y un escudo, conocidos como *égida*, que compartió posteriormente con Atenea.

Agamenón: rey de Argos y Micenas, jefe supremo de las tropas griegas en el asedio de Troya, que muere asesinado por su esposa Clitemestra y el amante de ésta, Egisto, cuando regresa de la larga guerra. Años después será vengado por su hijo Orestes, quien matará a su madre. Ulises encuentra a Agamenón en su visita al Hades.

Agelao: uno de los pretendientes de Penélope durante la ausencia de Ulises.

Alcínoo: rey de los feacios, que acoge y ayuda a Ulises al final de su travesía, haciendo que sus expertos marinos lo trasladen hasta las costas de Ítaca.

Anfínomo: uno de los pretendientes, que es muerto por Telémaco.

Anticlea: hija de Autólico, un astuto ladrón; esposa de Laertes y madre de Ulises, Anticlea se suicida angustiada por la larga ausencia de su hijo. El héroe la encuentra y habla con ella cuando desciende a la mansión del Hades.

Antínoo: uno de los principales pretendientes. Se destaca por su violencia y por su orgullo. Intenta matar a Telémaco cuando éste va en busca de su padre. Será el primero en morir atravesado por una flecha de Ulises.

Antífates: rey de los lestrigones. Devora a uno de los compañeros de Ulises y, al mando de sus hombres forzudos, provoca la muerte de muchos más.

Apolo: hijo de Zeus y Leto. Dios del Sol, de las artes y de la adivinación.

Aquiles: el más grande de los héroes griegos en la guerra de Troya, muere al ser herido en el talón, su único punto vulnerable, por una flecha de Paris. Ulises lo encuentra en el Hades.

Arete: esposa de Alcínoo, rey de Feacia, y madre de Nausícaa. Acoge con afecto a Ulises, y representa la mujer que aúna inteligencia y bondad, modelo de esposa y de madre.

Argos: viejo sabueso de Ulises que reconoce al héroe cuando regresa a Ítaca disfrazado de mendigo, y que fallece instantes después.

Artemisa: hija de Zeus y Leto; era diosa virgen por excelencia.

Atenea: o **Palas Atenea**, hija de Zeus y de Metis, diosa de la guerra y de la sabiduría, protectora permanente de Ulises y de su hijo Telémaco, aunque generalmente disfrazada o metamorfoseada en distintos personajes o animales.

Áyax: uno de los héroes griegos más fuertes y valerosos de la guerra de Troya. En la *Ilíada* compite con Ulises por la armadura de Aquiles, pero, al comportarse de modo indecoroso con él, inducido por las malas artes del dios Dioniso, siente su honor herido y se suicida. Al encontrarlo Ulises en el Hades, Áyax se niega a hablar con él porque todavía le guarda rencor.

Bóreas: hijo de la Aurora, es una divinidad menor que encarna al viento del norte. Zeus lo desata sobre Ulises y sus hombres cuando huyen de Ísmaro.

Cadmo: mítico rey y fundador de la ciudad de Tebas, esposo de Harmonía.

Calipso: hermosa ninfa, hija de Atlas y Peyone, que habitaba la isla de Ogigia en el extremo occidental del Mediterráneo y que, prendada de Ulises, lo retuvo con ella durante siete años, hasta que los dioses la obligaron a dejarlo en libertad. La tradición atribuye varios hijos a la unión entre Calipso y Ulises.

Caribdis: hija de Posidón y de Gea, fue convertida por Zeus en la roca que, junto a Escila, bordea el estrecho de Mesina. Tres veces al día absorbía gran cantidad de agua del mar, tragándose todo lo que flotase en ella, y vomitándolo todo después.

Céfiro: viento suave del oeste que impulsa los navíos de Ulises desde Eolia hasta Ítaca.

Circe: hechicera cruel, hija del Sol, que habita en la isla de Eea (Italia). Encanta a los compañeros de Ulises y los convierte en cerdos, pero, amenazada por el héroe, los vuelve a su estado humano. Convive luego un año con Ulises, del que tiene varios hijos, y le ayuda a seguir su viaje.

Ctesipo: uno de los pretendientes más brutales, arroja contra Ulises —a quien toma por un anciano mendigo— una pata de ternero. Luego será muerto, como los demás, por el héroe.

Demódoco: famoso aedo ciego de la corte de Alcínoo que canta las gestas de los héroes griegos en Troya, con lo que consigue emocionar a Ulises.

Dolio: criado del viejo Laertes en cuya granja vive cuando regresa Ulises. Dolio ayuda al héroe en su lucha contra los familiares de los pretendientes.

Elpénor: joven compañero de Ulises que, aturdido por el sueño y el vino, se despeña desde lo alto del palacio de la maga Circe. Se le aparecerá a Ulises en su viaje al Hades para solicitarle que le rinda los rituales fúnebres y pueda así entrar en el reino de los muertos y descansar.

Eolo: hijo de Posidón y señor de todos los vientos. Recibe a Ulises amigablemente en la isla flotante de Eolia y le facilita el regreso con vientos favorables. La posterior imprudencia de los hombres de Ulises provoca el rechazo de Eolo.

Équeto: legendario rey del Epiro tremendamente cruel. Sólo aparece en la obra como referencia amenazante.

Escila: monstruo de seis cabezas, en el estrecho de Mesina, que devora otros tantos compañeros de Ulises cuando su nave se aproxima a ella, huyendo de la aún más terrible Caribdis. Era hija de la diosa infernal Hécate y fue convertida en monstruo por Circe.

Eumeo: anciano y fiel porquero de Ulises que ayuda al héroe en su matanza de los pretendientes, después de haberlo recibido y atendido en su granja.

Eupites: padre de Antínoo y cabecilla de quienes buscan la venganza por la muerte de los pretendientes; morirá atravesado por la lanza que le arroja Laertes.

Euríalo: joven feacio que provoca a Ulises para que participe en los juegos atléticos.

Euriclea: anciana nodriza de Ulises y Telémaco, que es la primera en reconocer a su señor.

Euríloco: compañero de Ulises y el único que se libra del hechizo de la maga Circe; será también el responsable de que el héroe acceda al desembarco en la isla del Sol, donde comerán las vacas sagradas del dios.

Eurímaco: uno de los pretendientes de Penélope, arroja un taburete contra el viejo mendigo, que no es otro que Ulises; dirige a los pretendientes contra el héroe, tras la muerte de Antínoo, y muere atravesado por una flecha.

Eurínome: camarera o encargada de las demás criadas en el palacio de Ulises.

Femio: cantor de Ulises al que los pretendientes habían obligado a cantar para ellos; el héroe le perdona la vida.

Filetio: mayoral de los pastores del palacio, que permanece fiel a Ulises y le ayuda en su lucha contra los pretendientes.

Hades: dios de los Infiernos y señor de los muertos y de las tinieblas. También recibe ese nombre el mundo de ultratumba donde reina este dios en compañía de su esposa Perséfone.

Helena: esposa de Menelao que ocasiona la guerra de Troya. Tras la caída de la ciudad es perdonada y regresa con su marido a Esparta; allí reciben ambos esposos a Telémaco cuando éste va en busca de noticias de su padre.

Hermes: hijo de Zeus y Maya, es el dios de los viajeros, de los comerciantes y mensajero de los dioses. Por dos veces interviene en favor de Ulises: para comunicar a Calipso la orden de los dioses de dejarlo en libertad, y para advertirlo de los hechizos de Circe e instruirlo de los pasos que debe seguir para salvar a sus compañeros.

Ino: diosa del mar, hija de Cadmo y Harmonía. Divinidad bienhechora, protectora de los navegantes, que ayuda a Ulises a salir del naufragio con el talismán de su velo sagrado.

Iro: mendigo fanfarrón y cobarde con el que Ulises se pelea en su propio palacio, en presencia de los pretendientes, cuando el héroe aún no se ha dado a conocer.

Laertes: anciano padre de Ulises que en ausencia del héroe se retira a su granja; allí lo encuentra su hijo, al que Laertes ayuda en la lucha contra los familiares de los pretendientes. En algunas versiones del mito se atribuye la paternidad de Ulises a Sísifo (véase este personaje).

Laodamante: hijo del rey Alcínoo y hermano de la joven Nausícaa.

Marón: sacerdote de Apolo, en la ciudad tracia de Ísmaro, saqueada por los hombres de Ulises en su primera aventura. Ulises respetó la vida y los bienes de este sacerdote, que les compensó con doce tinajas de un extraordinario vino.

Medonte: heraldo del palacio de Ulises que había mantenido una actitud ambigua con los pretendientes, pero al que sin embargo el héroe perdona la vida.

Melantio: antiguo cabrero del palacio de Ulises; traiciona a su amo, halagando y ayudando a los pretendientes en la lucha. Ulises ordenará que lo cuelguen del techo y le den muerte.

Melanto: esclava de Penélope y amante del pretendiente Eurímaco. Trata de expulsar a Ulises con una antorcha cuando éste estaba disfrazado de mendigo.

Menelao: rey de Esparta y esposo de la infiel Helena de Troya, a la que perdonó. Ambos reciben a Telémaco y le informan sobre su padre.

Mentes: rey de los tafios y huésped de Ulises. Atenea adoptará su figura para decirle a Telémaco que su padre sigue vivo aún, y animarlo después a quejarse de los pretendientes e ir en busca de noticias de Ulises.

Mentor: fiel compañero de Ulises a quien éste había confiado el cuidado de su casa cuando partió para Troya. Atenea adopta la forma de Mentor para animar a Ulises al combate contra los pretendientes.

Minos: legendario rey de Creta, hijo de Zeus y Europa; una vez muerto, fue nombrado juez de los Infiernos, encargado de juzgar la conducta de las almas. Ulises lo encuentra en el Hades.

Nausícaa: joven hija del rey Alcínoo; encuentra a Ulises náufrago, le proporciona vestidos y lo conduce al palacio de sus padres. Nausícaa se enamora del héroe.

Néstor: anciano rey de Pilos, prototipo del consejero prudente. Luchó en Troya y, ya de nuevo en Pilos, recibe y ayuda al joven Telémaco.

Orión: gigante descomunal, hijo de Posidón y apasionado cazador; murió a causa de la picadura de un escorpión enviado por Artemisa, a quien Orión había intentado violar. Ulises lo encuentra en el Hades.

Penélope: fiel esposa de Ulises al que espera durante diecinueve años, aunque se resiste a reconocerlo cuando el héroe llega al fin. Demora su decisión de aceptar la boda con uno de los pretendientes con la estratagema de la mortaja que teje para su suegro durante el día y que por la noche desteje.

Perséfone: hija de Zeus y Deméter, fue raptada por Hades y reina desde entonces en los Infiernos. No obstante, vuelve a la tierra con su madre durante seis meses al año, que es la época en que florece y fructifica el campo.

Pisístrato: joven hijo del rey Néstor de Pilos, que acompaña a Telémaco hasta la corte de Menelao.

Pólibo: artesano feacio experto en fabricar pelotas para el juego.

Polifemo: hijo de Posidón y la ninfa Toosa, gigante horrible, con un solo ojo en la frente, que vive en una cueva como pastor y tiene costumbres antropofágicas. Ulises, tras perder a algunos de sus hombres, consigue cegarlo y escapar así de una muerte segura.

Posidón: dios de los mares, hijo de Crono y Rea, y hermano de Zeus. Padre de Polifemo, es el principal enemigo y causante de todas las desgracias de Ulises por haber cegado éste a su hijo.

Príamo: anciano rey de Troya, padre de Héctor y Paris; morirá en el saqueo de Troya.

Proteo: divinidad marina que guardaba los rebaños de focas de Posidón y tenía el don de la profecía y el de metamorfosearse en otros seres. Proteo le explica a Menelao, cuando éste regresa de Troya, cómo volver a su patria y le revela luego la suerte que han corrido su hermano Agamenón y Ulises.

Sísifo: era el más astuto de los hombres. De él se cuentan numerosas leyendas; en una de ellas el abuelo de Ulises, Autólico, le robó a Sísifo parte de su ganado, y éste demostró que las reses eran suyas porque tenían grabadas en la pezuña las palabras «me ha robado Autólico»; admirado éste de la habilidad de Sísifo, le entrega a su hija Anticlea para que le dé un nieto tan astuto como él, unión de la que, según esta versión, nacería Ulises. Por seducir a la esposa de su hermano Salmoneo fue condenado a cargar eternamente una gran roca hasta lo alto de una colina, ya que la roca rueda hacia abajo cada vez que alcanza la cima. Ulises lo encuentra en el Hades.

Tántalo: hijo de Zeus y Pluto. Por varias faltas de lealtad a los dioses, Tántalo fue condenado a un castigo consistente en que, estando en un lago cuyas aguas le llegaban hasta el cuello, y con árboles llenos de fruta suspendidos sobre su cabeza, cada vez que intentaba comer y beber descendían las aguas y se alejaban los frutales. Ulises encuentra a Tántalo en el Hades.

Telémaco: joven hijo de Ulises y Penélope al que su padre dejó muy pequeño al marchar a la guerra de Troya. Parte en busca de su padre y, a su regreso, lo ayuda a exterminar a los pretendientes.

Teoclímeno: huésped de Telémaco que reprocha a los pretendientes su conducta y les advierte que pronto van a morir.

Tiresias: el más célebre adivino de Grecia, a quien la diosa Atenea ciega por haberla visto bañarse desnuda. Tiresias conserva su poder adivinatorio incluso en el Hades, desde donde aconseja a Ulises y le predice el futuro de penalidades que todavía le aguarda antes de recobrar su reino de Ítaca.

Ulises: nombre latino de **Odiseo**, rey de Ítaca y gran héroe y protagonista de la obra. Hijo de Anticlea y de Laertes (o, según otras versiones, de Sísifo), tuvo un activo protagonismo en la guerra de Troya. Concluida ésta, Ulises sufre una larga y accidentada travesía por todo el Mediterráneo hasta que consigue regresar a su reino y reunirse con su esposa, por los que siente una gran añoranza.

Zeus: dios supremo del Olimpo, padre de los dioses y de los hombres. Su emblema es el águila y el rayo, que lanza en más de una ocasión sobre Ulises para manifestarle su beneplácito o su enojo.

ACTIVIDADES

1

GUÍA DE LECTURA

1.1 En *Las aventuras de Ulises* se narra el largo y accidentado viaje de regreso a su patria del famoso héroe griego. Tras un cruento conflicto bélico, en la primera acción de Ulises afloran **la violencia y el espíritu guerrero** propios de la *Ilíada*, que parecen justificar el saqueo de ciudades, la muerte de sus habitantes o el rapto de sus mujeres.

a) No obstante, ¿qué error cometen los hombres de Ulises y cómo lo pagan? (pp. 28-29)

Con la aventura de **los lotófagos** se inicia ya el relato de historias fantásticas ambientadas en lugares exóticos, un rasgo que aproxima la obra al género novelesco y la aleja de la épica.

b) ¿Qué efecto obra el fruto del loto en quienes lo consumen? ¿Por qué razón podríamos interpretar este pasaje como la amenaza de anulación y degradación del espíritu heroico?

c) ¿Qué cualidades de Ulises se ponen de manifiesto en sus consejos tras el saqueo de Ísmaro (p. 28) o en su actitud ante los hombres que prefieren permanecer con los lotófagos? (p. 30)

Uno de los episodios más singulares y famosos de la *Odisea* es el de los cíclopes, cuyo protagonista, **Polifemo**, ha sido tratado extensamente por la tradición literaria y artística posterior. En esta aventura fantástica destaca sobre todo la **actuación del héroe**, a quien empezamos a conocer mejor.

d) ¿Qué impulsa a Ulises a internarse en la tierra de los cíclopes y a esperar después el regreso del gigante a la cueva, pese al riesgo evidente que todos corren? (pp. 31-32)

e) ¿Por qué desiste de matar a Polifemo mientras duerme? (p. 34) ¿Qué otras actuaciones y palabras del héroe nos revelan su **astucia** e **inteligencia**? Sin embargo, ¿qué imprudencia, impropia de su carácter, comete? (p. 38)

f) ¿De qué modo va a condicionar este episodio el viaje de Ulises a su anhelada Ítaca? (p. 45)

La historia de Polifemo y el sagaz Ulises recuerda en varios aspectos los **cuentos del folclore** tradicional.

g) ¿Qué rasgos tiene en común el episodio de Polifemo con este tipo de cuentos?

Como hemos comprobado ya en el primer capítulo, el «héroe prudente» no siempre puede controlar la conducta irreflexiva de sus compañeros, que le ocasionan gravísimos problemas; pese a ello, Ulises se muestra como un jefe ejemplar que piensa antes en la defensa de sus hombres que en sí mismo.

h) En **el episodio de Eolo**, ¿qué contraste se produce entre la actitud de la tripulación (p. 41) y la de Ulises (p. 42)?

i) ¿En qué dramática situación quedan el héroe y sus hombres tras la fantástica y espantosa aventura de los **lestrigones**? (p. 45)

La curiosidad les arrastra de nuevo a otra aventura, tras desembarcar, exhaustos, en la isla Eea. Allí se encuentran con la **hechicera Circe**, un ambiguo e inquietante personaje cuyo comportamiento podría explicarse por la opuesta personalidad de sus progenitores: como hija del dios Sol, Circe deleita a sus huéspedes con placeres; como hija de Hécate —la diosa de la brujería— y hermana del malvado rey Eetes, la maga alberga perversas intenciones. Por otra parte, si se admite que la diosa hechicera y sus bellas damas simbolizan la atracción sensual y el erotismo,

j) ¿Qué interpretación alegórica hemos de dar a la transformación que Circe opera en los hombres?

Ulises, que acude una vez más en ayuda de los suyos, sale de nuevo bien parado de esta peligrosa aventura.

k) ¿Es en este caso la sagacidad del héroe lo que le hace salir triunfante de los engaños de Circe? (p. 50) ¿Cómo muestra su falta de egoísmo y su **magnanimidad** para con sus compañeros? (p. 51) ¿Qué traerá consigo su insaciable **curiosidad** de viajero? (pp. 52 y 54) ¿Qué deben acabar por recordarle sus hombres?

1.2 Por consejo de Circe, Ulises se embarca nada menos que hacia el Hades para consultar allí al adivino Tiresias sobre las dificultades de su regreso a Ítaca. El arriesgado **viaje a los Infiernos** —que los griegos llamaban *Nekya*— ha fascinado desde siempre al hombre, y pocos personajes mitológicos han conseguido regresar al mundo de los vivos tras la visita al Hades.

a) ¿Por qué crees que este tema ha despertado siempre tan vivo interés? Infórmate sobre el bello mito de Orfeo y Eurídice.

Conseguida la información que deseaba, el inquieto héroe no puede resistir la tentación de conversar con su madre, cuya muerte ignoraba, o con algunos héroes de la guerra de Troya.

b) ¿Qué le dice **Aquiles**, el más valeroso y temido héroe griego, quien, más que una vida larga y reposada, había preferido morir joven si de ese modo alcanzaba la fama? (p. 58)

c) ¿Por qué crees que el mito de **Sísifo** (p. 59) se ha utilizado para ejemplificar el absurdo de la existencia humana?

De regreso al mundo de los vivos, la maga Circe les explica cómo superar los nuevos peligros que les aguardan. El primero de ellos, **las sirenas**, constituye uno de los episodios más sugestivos y famosos de la *Odisea*, pese a su extrema brevedad.

d) ¿Qué tienen las sirenas para resultar tan peligrosas, en especial para un hombre como Ulises? ¿Se trata de sus encantos eróticos?

Frente a la dulce seducción de las sirenas, **Escila y Caribdis** son dos seres por completo terroríficos.

e) ¿Cómo se describe a estos monstruos? (p. 63) ¿Por qué opta Ulises por navegar cerca de Escila?

Tras una prolongada tormenta, los hombres supervivientes de las fauces de Escila, aprovechando la ausencia de Ulises, vuelven a desobedecer sus órdenes y devoran **el ganado del Sol** (p. 66).

f) ¿A qué atribuyes el hecho de que sólo Ulises sobreviva a la tempestad que de nuevo se abate sobre ellos? ¿Por qué, a partir de ahora, se inicia una **nueva etapa** en la aventura del héroe?

1.3 En el capítulo «Telémaco busca a su padre» se produce un **salto temporal y espacial**: mientras Ulises hace ya siete años que permanece preso y seducido por la ninfa Calipso en la isla Ogigia, en Ítaca su hijo Telémaco va a iniciar su personal aventura (**«Telemaquia»**) en busca del extraviado padre. Pero antes se nos ofrece un panorama de la crítica situación que, en el palacio de Ítaca, viven Penélope y su hijo, acosados por los ambiciosos pretendientes (pp. 68-69).

a) ¿Qué recurso utiliza Penélope para ir aplazando su decisión y dar largas a los pretendientes? ¿En qué sentido se nos aparece como digna compañera de Ulises?

b) ¿Qué acciones emprende la diosa Palas Atenea para defender la causa de su protegido Ulises? (pp. 70-72)

Telémaco llega a la corte de **Menelao**, y allí el rey de Esparta y su esposa Helena le hablan de la participación de Ulises en la guerra de Troya (p. 74); a continuación Menelao le relata su propio viaje de regreso a Esparta, una travesía casi tan azarosa y larga como la del padre de Telémaco.

c) Los relatos de Helena y Menelao, ¿qué imagen ofrecen de Ulises?

d) ¿Qué noticias sobre su padre consigue averiguar Telémaco? (p. 75)

1.4 La reconfortante estancia en Ogigia, **la isla de Calipso**, no mitiga la nostalgia por Ítaca del paciente héroe, pese a lo paradisíaco del lugar y a los cuidados y placeres que la ninfa le dispensa (p. 76).

a) ¿Qué siente Calipso por Ulises y por qué se decide finalmente a dejarlo marchar? (p. 78)

b) ¿A qué se debe la siguiente desgracia del héroe y su salvación en el último momento? (pp. 82-83)

La llegada y la estancia de Ulises en el **país de los feacios** constituye el último episodio de sus aventuras marinas, uno de los más gratificantes para el héroe. Palas Atenea urde el encuentro de la princesa Nausícaa con Ulises en un escenario idílico de un país mimado por los dioses.

c) ¿Cómo se gana el héroe la voluntad de Nausícaa, y qué rasgo de su personalidad nos revelan las palabras que le dirige? (pp. 87-88) Pese a que Ulises es un hombre maduro, ¿qué efecto obra en la joven princesa, que desdeña a sus pretendientes feacios? (p. 89) ¿Y en el rey Alcínoo? (p. 93) ¿Conocen el monarca o la princesa su verdadera identidad? ¿Qué pruebas da Ulises, aguijoneado por los feacios, de su fortaleza? (p. 95) ¿Cómo reacciona Nausícaa al marchar el héroe? (p. 97)

En la corte feliz y próspera de Alcínoo, Homero —y, con él, Sutcliff— parece remansar el ritmo de episodios anteriores para detenerse en la descripción de las **costumbres cortesanas** de Feacia.

d) ¿Qué tipo de costumbres se refieren? (pp. 94-96) ¿A qué se atribuye la ceguera del poeta Demódoco? (p. 94)

El relato de Ulises ante Alcínoo y su corte (p. 98) es en realidad la historia de todas las aventuras que hemos leído hasta ahora, que, narradas en este lugar, como sucede en la *Odisea*, tendrían un carácter retrospectivo.

e) ¿Qué motiva el relato del héroe? (p. 97)

f) ¿Cuántas facetas de la compleja personalidad de Ulises se muestran durante la estancia del sufrido navegante en Feacia?

1.5 Con la **llegada de Ulises a Ítaca** se inicia el último tramo de la aventura del héroe. Su espíritu previsor y desconfiado le lleva a ocultar su identidad al joven pastor en el que se encarna Atenea, a quien Ulises le cuenta una elaborada y fingida historia.

a) ¿Por qué podemos decir que Atenea y Ulises demuestran ser aquí almas gemelas? ¿Cómo se engarzan en este capítulo las historias paralelas de Telémaco y de Ulises? ¿En qué consiste el plan que el héroe traza para deshacerse de los pretendientes y recobrar el poder? (p. 107)

Tras diecinueve años de ausencia, el regreso de Ulises a su palacio transformado en **un andrajoso y viejo mendigo** resulta dramático y humillante para él. No es la primera vez que el héroe se somete a esta dura prueba, que se demuestra, sin embargo, muy eficaz.

b) ¿Qué consigue Ulises al ir disfrazado de mendigo? No obstante, ¿qué humillaciones ha de soportar al ocultar su identidad? ¿Qué contraste se produce entre este recibimiento y el que le dispensan los feacios?

c) ¿Quiénes son los únicos en reconocer al héroe y qué cualidades tienen las escenas en que se produce dicho reconocimiento?

Ulises tampoco se da a conocer ante su esposa Penélope.

d) ¿Qué contesta Ulises cuando Penélope le pregunta por su identidad? (pp. 112-114) ¿Es la primera vez que actúa de ese modo? ¿Qué consigue el autor al postergar tanto el reconocimiento de Ulises?

Los **presagios** de lo que va a ocurrir se expresan a menudo a través de sueños o alegorías.

e) ¿Qué sueña Penélope? (p. 115) ¿Qué parecido presagio habían presenciado Telémaco y Pisístrato? (pp. 103-104)

La **tensión** va aumentando a medida que se acerca el enfrentamiento con los pretendientes, que el poeta retrasa deliberadamente.

f) En este contexto, ¿qué valor adquiere la queja de la anciana sierva que muele trigo para los galanes? (p. 116)

g) ¿Qué función desempeñan las palabras que el noble Teoclímeno dirige a los pretendientes? (p. 118)

La **prueba del arco**, que Penélope planea, es un recurso característico de los cuentos folclóricos. Sólo el héroe puede superar la prueba y obtener así la mano de la princesa (en nuestro relato, naturalmente, de la reina).

h) Comenta cómo va creciendo la tensión narrativa en este episodio. ¿Cómo finaliza el capítulo? (pp. 120-123)

En el capítulo titulado «**La matanza de los pretendientes**» la acción se precipita y adopta un **tono épico**.

i) ¿En qué aprecias el carácter épico de la escena? La aniquilación de los pretendientes, ¿tiene también algo de castigo divino? ¿Por qué?

Ulises da muestras de **su talante** en la actitud que muestra ante sus antiguos servidores (pp. 127-128) y ante la muerte de los pretendientes.

j) ¿Cómo acoge las súplicas de Medonte y Femio, y qué resuelve hacer con Melantio y con las siervas infieles? ¿Qué nueva concepción moral, diferente a la de los héroes de la *Ilíada*, suponen las palabras de reproche que Ulises dirige a Euriclea? (p. 128)

Penélope se resiste a reconocer a su marido, pese a todas las apariencias.

k) ¿Parece lógica su actitud? ¿Qué ardid ingenia la fiel esposa para reconocer a Ulises? (p. 130)

1.6 El capítulo final tiene un carácter de **epílogo**, pues tras aniquilar a los pretendientes, el reencuentro del héroe con su esposa da satisfacción a uno de sus principales anhelos; sólo le resta recuperar su sólida posición en el reino e imponer la paz. El encuentro con su padre, por otro lado, reproduce en parte el esquema de la escena desarrollada con Penélope.

a) ¿En qué sentido? (pp. 132-134)

b) ¿Qué comentario te sugiere el hecho de que el noble Laertes viva retirado y dedicado a las labores agrícolas?

c) ¿Qué organización social comporta la asamblea pública en que se reúnen los ciudadanos de Ítaca?

Tras un breve enfrentamiento, en el que Laertes mata significativamente al padre del pretendiente Antínoo, los contendientes hacen las paces.

d) ¿Qué sentido cobra, desde la nueva concepción política y social, el triunfo del orden y un final feliz presidido por la paz y la concordia?

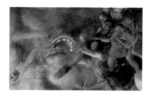

2
PERSONAJES

2.1 El héroe que da nombre al libro es el que acapara la mayor atención del lector. **Ulises** es el personaje que, con su viaje por un Mediterráneo mítico, vertebra el poema homérico y la obra de Rosemary Sutcliff. Tal y como ocurre en la *Ilíada*, a menudo la suerte del héroe está en manos de **los dioses**.

a) Consulta la «Introducción» (p. 16) y anota la razón por la cual Palas Atenea protege a Ulises. ¿En qué ocasiones la ayuda de la diosa resulta decisiva para el sufrido navegante? ¿Qué otro dios le presta también su auxilio? En cambio, ¿qué divinidad se le muestra hostil y por qué motivo?

De entre los héroes griegos que participaron en la guerra de Troya, sólo Ulises parece capacitado para sobrevivir al enfrentamiento con monstruos y usurpadores, debido a sus **cualidades especiales**. Muchos de los grandes héroes de la epopeya anterior son fuertes y valientes, pero crueles, orgullosos y temerarios, lo que acaba por provocar su perdición.

b) En cambio, ¿qué cualidades bien distintas muestra Ulises en el episodio de Polifemo o en el modo en que aborda la amenaza de los pretendientes?

Ulises es, sobre todo, un **aventurero curioso** y **astuto** que se vale de la **inteligencia** o el engaño antes que de la fuerza.

c) Comenta en qué otras situaciones destaca más su inteligencia y astucia. Sin embargo, ¿qué imprudencia comete con Polifemo? ¿Cuándo se comporta con crueldad y violencia como los héroes de la *Ilíada*?

d) ¿En qué ocasiones da muestras de ser un inquieto y curioso viajero?

Pese a que goza de la protección de Atenea, Ulises es en buena medida **dueño de su destino**. Su **prudencia** y **pragmatismo**, su **constancia** y **capacidad de sacrificio**, su **dominio de sí mismo** y la **generosidad con sus sirvientes**, su **lealtad con los compañeros** y la **fidelidad a su tierra y a su familia** hacen del héroe un personaje plenamente humano, mucho más próximo al lector que los protagonistas de la *Ilíada*.

e) El gran héroe Aquiles es hijo de la diosa Tetis y del rey Peleo. ¿Cuáles son los ascendientes de Ulises? (Consulta el índice de personajes.) ¿En qué contrastan con los progenitores de Aquiles? ¿Qué influencia tienen sobre su personalidad?

f) ¿Cuándo pone el héroe en juego las cualidades mencionadas anteriormente y cómo influyen en sus distintas aventuras? ¿Cuál es su sentimiento más firme y arraigado?

Ulises es, por tanto, un **héroe de nuevo perfil** que en muchos aspectos contradice los valores aristocráticos de los héroes de la *Ilíada*: **habilidoso artesano** que construye una balsa o su propio lecho conyugal, **diestro narrador** de sus aventuras y **mixtificador** que no tiene empacho en mentir o inventar falsas historias sobre su identidad.

g) ¿Cuál de sus acciones en la aventura de Polifemo o en su palacio de Ítaca hubiera repugnado a la nobleza antigua? ¿En qué ocasiones se inventa historias para lograr su propósito?

Los filósofos de la antigüedad tomaron a Ulises como modelo de sus diferentes concepciones del hombre: para los **estoicos** era la encarnación del sabio impasible al dolor y en acuerdo con la naturaleza; para los **cínicos** representaba el modelo de hombre que desprecia el placer y es indiferente al insulto o a la alabanza; los **neoplatónicos** vieron en sus aventuras el viaje purificador del espíritu hasta la unión triunfante en el Uno. Otros, en cambio, lo consideran un villano sin moral, digno descendiente de su abuelo Autólico.

h) ¿Hasta qué punto pueden estas interpretaciones aplicarse a Ulises?

i) De manera general, y por oposición al héroe épico, ¿por qué podríamos decir que el personaje es un **prototipo de la humanidad**?

2.2 La relevancia que los **personajes femeninos** adquieren en la obra es tan notable e inusual que incluso ha dado pie a que se atribuya la autoría de la *Odisea* a una mujer. **Circe**, **Calipso** y **Nausícaa** son seducidas por los encantos de Ulises.

a) Ensaya un retrato de estos tres personajes. ¿Qué tipo de mujer representan Circe y Calipso? Calipso quiere retener al héroe, ¿pero complacería a Ulises una vida como la que Calipso le ofrece? ¿Qué diferencias hay entre las tres mujeres citadas?

Una cierta ambigüedad planea sobre **Penélope**, que pasa por ser prototipo de la fidelidad.

b) Caracteriza a la esposa de Ulises teniendo en cuenta su actitud con los pretendientes y con Ulises, cuando éste regresa finalmente a Ítaca.

La preponderancia de las figuras femeninas se advierte incluso en algunos personajes menores, como **Arete** y **Helena**.

c) ¿Qué papel parecen tener estas mujeres en relación con sus respectivos esposos?

2.3 Otro de los rasgos originales de la obra, sobre todo cuando se la compara con una epopeya como la *Ilíada*, es el papel que en ella desempeñan los **personajes plebeyos**.

a) ¿Qué decisiva función cumplen Eumeo y Filetio? ¿Qué interés tiene el que dicha función la desempeñen justamente dos siervos? ¿Qué otros miembros de la servidumbre destacarías y por qué? ¿Qué relación establece Ulises con ellos?

La sensibilidad del poeta para con los humildes se manifiesta en las escenas en que relata el reconocimiento del héroe por su **perro Argos** y por **Euriclea**, la anciana nodriza.

b) ¿Qué destacarías de esas escenas? El encuentro con su hijo Telémaco y el reconocimiento por su esposa, ¿tienen el mismo tono?

2.4 Entre los abundantes personajes de la obra, tanto fabulosos como realistas, hay algunos que cobran especial relieve; es el caso de Polifemo, entre los primeros, y de Alcínoo, entre los segundos.

a) ¿En qué aspectos podemos considerar al cíclope **Polifemo** como el polo opuesto de Ulises? Pese a su condición de antropófago y a su terrible aspecto, ¿qué otros rasgos bien distintos destacarías en él?

A diferencia de la epopeya anterior, la *Odisea* —y también la versión de Sutcliff— nos ofrece un retrato de la sociedad cortesana.

b) ¿Qué tipo de soberano simboliza la figura de **Alcínoo**? ¿Qué actitud adoptan Néstor, Menelao o Alcínoo ante sus visitantes?

3
TEMAS. CONTEXTO SOCIAL

3.1 La pasión por **la aventura** y **el riesgo**, junto con el interés por descubrir **tierras nuevas** y exóticas hasta entonces ignoradas, constituye uno de los temas claves del viaje marítimo de Ulises.

a) ¿En qué aspectos y episodios de la obra se advierte la importancia de este tema?

La *Odisea* se compuso hacia el s. VIII a.C., época en que se inicia la expansión de los comerciantes y **colonos griegos** por el Mediterráneo.

b) ¿Por qué razones este poema épico debió de resultar una historia apasionante? ¿A qué podemos atribuir entonces la elección del escenario en que transcurren las aventuras de Ulises? ¿Qué facetas del comportamiento del héroe, de sus móviles y sus virtudes, se corresponden con una sociedad basada más en el comercio que en la actividad guerrera?

c) ¿Qué elementos realistas y fabulosos se combinan en la obra? ¿Qué trasluce esa mezcla de verdad y fantasía?

En estrecha conexión con el espíritu aventurero se halla la concepción de la vida como un **proceso de formación**, y, derivado de éste, el **afán de conocimiento**, la **curiosidad intelectual** del hombre que, arrumbando el pensamiento mítico, pretende desvelar todos los misterios de la naturaleza desde una perspectiva racionalista. En el apartado 2.1.d hemos considerado la insaciable curiosidad de Ulises.

d) Cuando Ulises llega por fin a Ítaca, ¿por qué podemos decir que es una persona distinta de la que partió a la guerra de Troya? Aunque en menor escala, ¿sucede otro tanto con su hijo Telémaco? ¿Por qué?

e) ¿Qué cualidades pone en juego el héroe para vencer las amenazas de la naturaleza o los reveses del destino?

f) ¿A qué importantísima faceta de la cultura griega antigua responde la curiosidad intelectual que manifiesta Ulises?

3.2 El **amor** y la **nostalgia de Ítaca y de Penélope** son dos constantes temáticas recurrentes a lo largo de la obra. La añoranza de su tierra es además el móvil principal del paciente y sufrido navegante.

a) ¿Qué personajes femeninos mantienen relaciones amorosas con Ulises? ¿Corresponde siempre el esforzado héroe voluntariamente? ¿Qué tiene el protagonista de seductor y de seducido? ¿Hay alguna relación entre el amor, la experiencia vital y la aventura?

Más de un lector advertirá una contradicción entre las aventuras amorosas de Ulises y su lacerante añoranza de Penélope. Sin embargo, y dejando de lado el hecho de que el concubinato en la Grecia clásica no era infrecuente,

b) ¿Qué parece predominar en el héroe, la añoranza de su esposa o la nostalgia de su rocosa isla de Ítaca?

3.3 Un tema de menor calado, que domina especialmente en la tercera parte de la obra, es el de la **venganza**, que lleva aparejadas la **recuperación del honor**, del **poder** y del **orden** en el hogar y en la patria de Ulises. El predominio de estos temas coincide con un cambio significativo respecto a la parte de las aventuras marinas.

a) ¿En qué difieren esas dos partes?

Ulises emprende una sangrienta venganza para recuperar su prestigio personal y recomponer el orden político.

b) En dicha actitud, ¿qué reminiscencias hay de la escala de valores propia de los héroes de la *Ilíada*?

3.4 El **trabajo manual** como actividad dignificadora del hombre es un rasgo característico del espíritu burgués. En la obra, reyes o personajes nobles como Ulises, la princesa Nausícaa o el anciano Laertes acometen trabajos que la sociedad aristocrática consideraba humildes o propios de esclavos o clases inferiores.

a) ¿Qué tipo de trabajos realizan los personajes aludidos?

b) ¿Cuáles son los principales defectos que motivan la crítica y el desprecio hacia los pretendientes y en qué medida responden a una perspectiva ética y social de carácter burgués?

CLÁSICOS ADAPTADOS

1. Rosemary Sutcliff
   Naves negras ante Troya.
   La historia de la *Ilíada*

2. Rosemary Sutcliff
   Las aventuras de Ulises.
   La historia de la *Odisea*

3. Geoffrey Chaucer
   Geraldine McCaughrean
   Cuentos de Canterbury

4. Geraldine McCaughrean
   Alberto Montaner
   El Cid

5. Herman Melville
   Geraldine McCaughrean
   Moby Dick

6. James Riordan
   Los doce trabajos de Hércules

7. Penelope Lively
   En busca de una patria.
   La historia de la *Eneida*

8. James Riordan
   Jasón y los argonautas

Aula de Literatura